AF363045

Gustaf af Geijerstam

Karin Brandts Traum
(Historischer Roman)

e-artnow 2018

Petronius Arbiter
Satyricon: Begebenheiten des Enkolp

Emile Zola
Der Bauch von Paris (Le Ventre de Paris: Die Rougon-Macquart Band 3)

Joseph Roth
Familie Trotta: Radetzkymarsch + Die Kapuzinergruft

Emile Zola
Die Sünde des Abbé Mouret (La Faute de l'Abbé Mouret: Die Rougon-Macquart Band 5)

Emile Zola
Das Paradies der Damen (Au bonheur des dames: Die Rougon-Macquart Band 11)

Gustaf af Geijerstam

Karin Brandts Traum (Historischer Roman)

e-artnow, 2018
Kontakt info@e-artnow.org

ISBN 978-80-268-8674-7

Inhaltsverzeichnis

Erstes Kapitel

Ich hab einen Sommer lang den Stimmen vergangener Tage gelauscht. Eine Sage hab ich gehört von Menschen, die längst gestorben sind. Und während die Tage des Sommers entschwanden, hab ich gefühlt, wie die Sage lebendig ward und sich in Worte kleidete. Die Erinnerung alter Geschlechter lebt im Geschick der Menschen, die meine Fabel umspinnt, und auch in meinem Blute schäumt ein Widerhall von Geschlechtern, die längst vergangen sind.

In waldige Gegenden führt mich die Erinnerung, in Gegenden, wo die Männer der alten Geschlechter das Land urbar machten, wo ihre Weiber ihnen Söhne und Töchter gebaren, die das Land, das die Väter urbar gemacht, bebauen sollten. In Tannen- und Kiefernstriche, wo der Elch noch lebt, wo die Moosbeere im Sumpfe blüht, wo das Erz zu Eisen geschmiedet wird, führt mich die Erinnerung. Da reißt der Fluß durch den Tannenwald, da strecken sich die Wälder meilenweit, noch unberührt von der Hand des Landwirtes, da glühen die Meiler zum sternhellen Nachthimmel auf, tief liegt der Schnee im Winter, und im Sommer spielt der Birkhahn im Morgenglanz.

Du stille, starke, wundervolle Welt, in der meine Kindheit verrann! Im Lichte dessen, was ich damals sah, steigen Erinnerungen empor, Erinnerungen, nicht an Dinge, die ich selbst gesehen, sondern an Dinge, die ich erzählen hörte, einst, zur Zeit, da meine Schritte die schwarze Erde des Eisenwerkes, die Rasenhügel des Birkenhags oder die glatten, nadelbestreuten Pfade des Waldes traten. Und wenn ich daran denke, so deucht mich, als wäre meine eigene Kinderzeit näher den Menschen, von denen ich hier erzählen will, als sie mir selber ist.

Eben diese meine eigene Kindheitsperiode verknüpft, so deucht es mich, gewissermaßen die Zeiten, die schlummern, mit denen, deren Unruhe und Drang uns selber fast in Stücke sprengt und deren innerstes Streben zugleich das Geschlecht vorwärts reißt. Und wenn ich jetzt, wie in einem Traum, die Menschenschicksale vor mir sehe, die ich auf ein paar Papierblätter aufzeichnen will, die noch unbeschrieben vor mir liegen, da erscheinen mir der vergangenen Zeiten Weiber, ihre Jugend und ihre Männer stärker, vollkommener, glücklicher und besser als die der Gegenwart. Ich weiß, daß dem vielleicht nicht so ist, aber die Empfindung will mich nicht loslassen, und ich wundere mich bloß darüber, daß ich es so lange vergessen konnte, wie ich es vergessen habe.

Das erste, was ich in der Erinnerung sehe, ist der Hof, Skogaholms alter Herrenhof.

Auf der Krone des Hügels liegt er, und drunten am Hange kann man, wenn der See ruhig ist, das gebrochene Dach sich im klaren Wasser spiegeln sehen. Eigentümlich gebrochen ist es, dies Dach. Es sieht aus, als wäre es zweimal abgebrochen worden. Zwischen den beiden Dächern, die auf diese Art gebildet werden, ist gleichsam eine niedere Wand, auf der das oberste Dach ruht, und wo dieses sich vorschiebt, glänzt eine Reihe runder Fenster, die den dunklen Augen einer Kette von riesigen Tieren gleicht. Die Fassade ist weiß, vom Alter gegilbt. Durch das Laubwerk der großen Kastanien, die den Abschluß für das Rondell des Gartens bilden, blinkt sie hervor mit ihren vielen, großen Fenstern, der breiten Steintreppe und dem schweren Tor aus eisenbeschlagenem Eichenholz. Hinter den Kastanien beginnt die Linden- und Ahornallee, und hinter jedem der großen Bäume sieht man die beiden niederen Flügel liegen. Auch sie haben gebrochene Dächer. In dem einen wohnt jetzt, wie vor hundert Jahren schon, der Inspektor. Im anderen ist das Kornmagazin, und über dem Giebel erhebt sich das Glockengerüst, von dem die Vesperglocke zu Arbeit und Ruhe ruft.

An der Nordseite des Sees liegt das Hüttenwerk. Wo die Schmieden ihre rußigen Dächer erheben, sieht man den Fluß, der, eingedämmt und bezwungen von Menschenhand, sich zum See hindurchkämpft. Um zum Hammer zu gelangen, muß man über einen langen, schmalen Holzsteg gehen, der über den Sumpf führt, und während man darübergeht, hört man die Hämmer, die mit jedem Schritt dem Gehenden gleichsam näher zu kommen scheinen. Zuerst hört man den schmetternden Klang des Stifthammers, danach gellen die Stangenhämmer drein, daß man zu sehen glaubt, wie die Stangen herausgezogen, wie sie länger und länger werden im selben Maß, wie der Klang schärfer, schriller und kälter wird. Zuletzt kommt das dumpfe Geräusch des Schmelzhammers, der die glühende, weiche Masse in Empfang nimmt und sie langsam zu einem großen, feuerspritzenden Klumpen knetet, um den herum Männer in groben Hemden und mit Holzschuhen an den nackten Füßen, pustend vor Anstrengung, stehen, während der Schweiß ihnen in Strömen über die braune Haut rinnt.

Kommt man dann den Hügel hinauf, so ist man mitten im Lärm. Außen vor der Schmiede steht der Buchhalter, beschäftigt, die Eisenstangen zu besichtigen. Ringsum ist alles schwarz. Die Erde ist schwarz, niedergetreten von rußigen Füßen, mit Schlacke bestreut, die von den schweren Erzwagen zermalmt und von den Kohlenfuhren, die in langen Reihen darüberfahren und durch ihr undichtes Spangeflecht das Kohlengestübbe verstreuen, geschwärzt ist. Männer in weißen Hemden, deren Glieder gestählt sind durch die harte Arbeit am Ofen, sitzen vor den Schmieden und kühlen die rußigen, erhitzten Körper in der Sommersonne, die heiß hernniederbrennt, oder auch sie kommen aus der Schmiede, auf wankenden Beinen die schweren Eisenstangen tragend, die zischend in den Wasserbehälter geworfen und kalt daraus emporgehoben werden.

Hinter den Schmieden liegen die Wohnstätten der rußigen Männer. Kreuz und quer sind sie gelegt, große, rote Häuser mit weißen Kanten, Häuser, die von ebener Erde bis unters Dach angefüllt sind mit Männern, Weibern und Kindern, die einen ganzen Stamm von Arbeitern in sich beherbergen, von Arbeitern, die sich angesammelt haben an diesem Ort, wo eine Familie seit Generationen als Herrscher sitzt.

Ohne zu reflektieren, blickt der Arbeiter auf zum Herrenhof und zu denen, die dort wohnen. Von ihnen erwartet er sich Lebensunterhalt und Stütze in der Not. Ohne sie wäre er nichts. Und die Menschen, die dort wohnen –ihr Schicksal ist zusammengewachsen mit der Arbeit in den rußigen Schmieden, mit den Männern, die da schaffen und schwitzen in ihrem Dienst. Die Schönheit der Natur, die Stille der großen Wälder, der spiegelklare See, der zwischen grünenden Hügeln und lichten Feldern lacht –all das gehört ihnen gemeinsam. Die Kirchenglocken läuten ihrer allsonntäglich viele zusammen, und die Kirche ist für sie alle, Herren wie Diener, das Haus, das Gottes genannt wird.

Der Abstand zwischen Herr und Knecht ist unermeßlich, und doch stehen sie einander vielleicht persönlich näher als in der Gärungszeit, in der wir jetzt leben. Nie fühlt man diesen Abstand stärker, als wenn man zur Kirche kommt, zu der weißen Kirche, die mitten im Kirchspiel liegt und sich vom Hintergrunde der großen Wälder hell abzeichnet. Auf dem stillen Platz, wo der Kirche stumpfer Turm sich über dem Pfarrhof und dem Ort erhebt, ist die Erde mit niederen Hügeln übersät, deren Namen keiner kennt. Auf manchen stehen einfache Holzkreuze; Wetter und Wind haben den Namen ausgemerzt, und das Kreuz selber fängt an nach und nach zu vermorschen und zu verfallen.

Zunächst der Kirche aber, östlich vom Chor, liegen die Gräber, die gepflegt werden. Hier schreiten alle voll Ehrfurcht vorüber, schwere Steine liegen hier in die Erde eingedrückt, einsame eiserne Kreuze erheben sich hinter den Steinen, daneben stehen stolze Monumente aus Granitblöcken, von Trauernden errichtet, die das Gedächtnis von Ahnen zu wahren haben. Mannes Tat und Weibes Andenken kann man hier von den Grabsteinen ablesen. Vergessen sind die meisten; einst verwittert auch der Stein und wird zu Schutt. Aber zwei Namen sind da, die miteinander verbunden sind, und an diese Namen knüpft sich die Geschichte des Waldortes.

Eins der Geschlechter, das älteste von denen, deren Grabsteine auf dem Friedhof zu Torsby versammelt sind, trägt den Namen Brandt; und gar mannigfaltig waren die Geschichten von den eigentümlichen Schicksalen seiner Angehörigen. Wenn ein Außenstehender von einem Brandt sprach, so geschah es mit einem eigentümlichen Gemisch von Interesse und Scheu; manchmal konnte man sogar etwas von Furcht in den Worten entdecken, in denen man von ihnen sprach. »Die Brandts sind eine Familie für sich,« hieß es. Damit wollte man all das andeuten, was man meinte und doch nicht so recht in Worte kleiden konnte.

Das Geschlecht war nach Schluß des Dreißigjährigen Krieges nach Schweden gekommen. Ob der Stammvater Deutscher war oder Schotte oder möglicherweise auch einer der anderen

Nationen angehörte, die sich unter dem Banner des Heldenkönigs sammelten, war unergründbar. Sein Porträt, in Koller und Bartzier, genau das Gustav Adolfs wiedergebend, war zu alt und verblaßt, um irgendwelchen Anhalt zu bieten. Genug –ein Ausländer war er, und die Anekdoten, die die Tradition von ihm überliefert hatte, beschränkten sich auf kleine Geschichten, die sich auf jeden beliebigen Kriegsmann, der sich in alten Zeiten mit dem Adel und einem Gut zur Ruhe gesetzt hatte, beziehen konnten.

Daneben aber hingen noch viele Porträts auf Skogaholm. Da war der Kriegsmann aus Karls X. Zeit, mit üppiger Perücke, vollem Gesicht und kleinem Schnurrbart, ein ernster Mann aus den Tagen Karls XI., ebenfalls in Perücke, jedoch an Stelle des Kriegerharnisches oder -rockes mit dem Mantel des Staatsmannes bekleidet, da war der Karolin, ein junges, kindliches Gesicht, gegen das der einfache blaue Rock und die Kollerhandschuhe seltsam abstachen. Dann kamen Herren in Perücken, in Samt- und Seidengewändern, in weißer Halskrause, mit steifen oder lebensvollen Gesichtern, je nachdem die Kunst des Malers zureichte oder nicht. Und dazwischen schauten Frauenköpfe heraus, feine, verträumte Typen, Seite an Seite mit blutvollen und sinnlichen oder mannhaften, barschen.

Sah man in all diese Gesichter, so brauchte man nicht lange zu suchen, um den Familienzug zu finden, der allen gemeinsam war. Es war etwas wie ein Übermaß von Sinnlichkeit und Kraft, das sich im Laufe der Generationen abgedämpft, verfeinert und abgeschliffen hatte. Der Blick, der scharf unter dichten Augenbrauen vorschoß, die Rundung des Kinns, die kräftige, gerade Form der Nase im Verein mit einer Art spöttischen Übermutes um schmalere oder vollere Lippen –all das waren Familienzüge, die stets wiederkehrten. Und was von diesen Männern berichtet wurde, waren Geschichten, die dartaten, daß in der Natur der Brandts das Bedürfnis steckte, etwas für sich zu sein, sein eigenes Leben zu leben, zu tun, was man selber für gut fand, ohne Rücksicht auf die Welt. Zugleich aber fand sich auch eine ruhige, gesammelte Kraft, die freie, unverbildete, starke Charaktere zu formen vermochte. Etwas von der Hingabe an Arbeit und Pflicht, die ihre Wurzel in der Religion hat, und die zusammenhängt mit der Fähigkeit, für andere und für eine Idee zu leben. Von Resignation war nicht viel vorhanden; doch bewahrte die Familienchronik auch diese Eigenschaft als Familienzug auf.

Die Familienchronik berichtete nämlich, daß Skogaholm der Platz war, der die Familie stets zusammengehalten hatte. Bei allen, die Brandt hießen, war der Familiensinn so entwickelt, daß dieser Brandtsche Familiensinn geradezu sprichwörtlich geworden war. Darum waren auch die alten Familienporträts auf Skogaholm gesammelt worden. Früher oder später kamen sie alle dahin, sowie auch alle Glieder der Familie stets anzuordnen pflegten, daß der Torsbyer Kirchhof dereinst ihre irdischen Überreste aufnehmen sollte.

Die Familienchronik berichtete ferner aber auch, daß es im Brandtschen Geschlecht von jeher zwei Sorten von Menschen gab. Die einen ließen sich von Ehrsucht, Abenteuerlust oder Genußgier hinaustreiben in die Welt. Als Kriegsleute hatten sie sich mit Lust und Gefahr herumgeschlagen, als Diplomaten hatten sie an den Höfen des Kontinents geweilt, als Beamte hatten sie Titel und Rang erlangt und hatten, Fremdlinge für die Heimat, aus der sie stammten, das jagende, verfeinerte Leben der Hauptstadt gelebt. Ihre Porträts waren es, die die Wände des alten Familiengutes schmückten und die Ehre und der Stolz der Familie waren. Männer und Frauen waren darunter, Männer, die die Welt mit ihren Talenten ober ihrem Mut geblendet, Frauen, die die Männer durch Schönheit mehr denn durch Tugend geblendet hatten.

Andere Glieder der Familie wiederum hatten die Vätererde nie verlassen. Aus Notzwang oder eigenem Geschmack waren sie daheim geblieben, hatten in dem alten Steinhause gelebt, geheiratet, Kinder heranwachsen sehen und waren endlich gestorben –innerhalb derselben Mauern, die sie hatten zur Welt kommen sehen. Diese Männer hatten das Land bebaut und die Wälder urbar gemacht. Sie hatten das Hüttenwerk erweitert, geleitet und vergrößert, hatten ein fleißiges Arbeitsleben geführt, und die Spuren dessen, was sie von den Genüssen des Lebens gekostet, fand man in der Bibliothek des Herrenhofes, wo sich seit mehr als einem Jahrhundert schwedische und ausländische Literatur angesammelt hatte, in dem gepflegten Garten, wo seltene Pflanzen und Obstbäume gediehen, in dem wohlversehenen Weinkeller, wo alte, spinnwebüberzogene

Flaschen aus Bordeaux, vom Rhein, aus Oporto und Malaga aufbewahrt wurden zu den Festen, bei denen der Rausch weniger Stunden Jahre der Einsamkeit und beharrlichen Arbeit aufwiegen mußte. Diese Männer, die treulich daheim gesessen hatten, während ihre Brüder, Oheime und Vettern die Welt durchschwärmten, waren –dem Gerücht zufolge –auch diejenigen, die teuer bezahlen mußten für die Ehre, daß der Name Brandt Ruhm auf dem Schlachtfelde errungen oder am Hofe von Königen und Kaisern gestrahlt hatte. Ihre Porträts aber sah man nicht unter denen, die in Sälen und Prachtgemächern hingen. Vergessen gingen sie dahin, und nur die Steine auf dem Torsbyer Kirchhof gaben in kurzen Daten Andeutungen über ihr Leben und Wirken. Aber die Bebauung der Heimaterde war ihr Werk, und auf der Heimaterde lebte ihr Gedächtnis fort.

Der letzte Sproß des alten Geschlechtes hieß Magnus. Seine Geschichte war anders als die Geschichte derer, die zuvor auf Skogaholm gewohnt und geherrscht hatten.

Daß Magnus Brandt auf dem Familiengut blieb und sich nicht, wie es ihn verlangte, draußen seinen Weg suchte, das lag zunächst nicht an ihm selbst. Magnus Brandt war geboren gleich nachdem der Rausch über Gustav III. Staatsstreich sich gelegt hatte. Seine Jugend und sein frühestes Mannesalter fielen in die Blütezeit der Aufklärungsperiode, als Mann erlebte er Schwedens Ohnmacht und Schmach, Gustav IV. Absetzung, Finnlands Verlust und gleich darauf Bernadottes plötzliches Auftreten auf der Bühne und die Tage der großen Erwartungen. Mit Leib und Seele den Ideen ergeben, die in den Glanzjahren des achtzehnten Jahrhunderts aufbrachen, war er mehr ein Mann der Studien als der Tat. Als einziger Sohn eines reichen Vaters und alleiniger Erbe Skogaholms glaubte er ohne Schwierigkeit seinen Neigungen folgen zu können, die zunächst dahin gingen, in die Welt hinauszuziehen, zu lernen und zu schauen, um dann einstmals heimzukehren und sich in reifen Jahren die Laufbahn zu erwählen, die für ihn offenstehen könnte. Vielleicht verbarg er darunter die Neigung und Hoffnung, dereinst selbst Schriftsteller zu werden und seinen Namen neben denen Kollgrens und Thorilds, der beiden Antagonisten aus der Literatur seiner Jugend, nennen zu hören, der beiden, die Magnus Brandt, dessen Natur mehr geschmeidig als produktiv war, gleich hochschätzte, und die er infolge der Anschauung, die er sich selber gebildet hatte, als Heroen der Bildung in der schwedischen Belletristik ansah. Wenn dem so war, so kam er doch nie weiter als bis zum Aussprechen des Gedankens. Denn beim ersten Versuch, dem Vater einen so abenteuerlichen Plan vorzulegen, geriet dieser in eine solche Wut, daß der Sohn nie wieder auf den Gegenstand zurückzukommen wagte.

Der alte Ulrik Ferdinand Brandt war nämlich ein gar strenger Herr. Nichts war ihm fremder als Bücherweisheit und Literatur. Gustav III. und das Leben an seinem Hofe, von dem übertriebene Schilderungen in den abgelegenen Waldort drangen, haßte er mit der Kraft eines alten Schweden von spartanischem Schnitt, der in Rupfen gekleidet ging und seinen Bauern und Knechten mit dem Knüppel Zucht und Recht zu predigen pflegte. Diesem Vater gegenüber vermochte Magnus Brandt nichts, und als der Vater im Sterben lag, übergab er dem Sohn das Eigentum mit der strengen Vermahnung, seiner so zu warten, daß er es, wenn ihm dereinst ein Sohn geboren würde, mit Ehren diesem hinterlassen könnte. »Schwöre mir,« sagte der Alte, »daß du deinen Leuten ein strenger und gütiger Herr sein und für sie sorgen wirst.« Magnus Brandt schwur den Eid. Und von Stund an saß er auf dem Besitz fest, und alles, was er an Ehrsucht, Abenteurerlust, Tatkraft oder Genußgier in sich barg, war für immer gebunden. Er ward seinen Leuten ein guter Herr. Aber ein Mann wie sein Vater ward er nie. Der Hammer ging unter ihm seinen Gang wie zur Zeit seines Vaters. Aber er selber liebte seine Bücher und die Träume im Studierzimmer der Bibliothek mehr als die praktische Arbeit, und Magnus Brandt ward auch fast vierzig Jahre alt, ehe er sich ein Weib nahm. Aber als dies geschah, da war es, als ob seine eingedämmte Jugend aufflammte. Das junge Mädchen war die Tochter der strengen Frau Bergenhuus auf Malmhütte, und Magnus Brandt wußte nur zu wohl, daß er kein Schwiegersohn nach der barschen alten Frau Herzen war. Aber einmal im Leben wollte er doch seinen Willen durchsetzen und erringen, was er erstrebte. Und so gewann er auf einem Ball die Liebe des schönen Mädchens. Vom Tanz berauscht, nahm er sie mit sich vom Ball, setzte sie in den Wurstschlitten und führte sie ohne Aufenthalt geradeswegs hinauf auf den Hof zu

Malmhütte. Ihro Gnaden waren daheim geblieben, dieweil sie als einsame Witib mit Hof und Leuten anderes zu tun hatten, als junge Mädchen auf Bälle zu geleiten. Es hieß, sie habe in der ersten heftigen Aufwallung dem Freier eine tüchtige Ohrfeige und darauf ihr Jawort gegeben. Die Ohrfeige war ihr vom Herzen gekommen, die Tochter gab sie nur, um den Skandal von ihrem Hause fernzuhalten.

Mit der Frau, die er also errungen hatte, lebte Magnus Brandt in zwölfjähriger, glücklicher Ehe. Als sie dann plötzlich starb, zwei Töchter, aber keinen Sohn hinterlassend, da erlosch die Sonne in Magnus Brandts Leben, und lange deuchte ihm, er säße in Schatten und Dunkel, ehe sie wiederkam. Das Leben, das er führte, erschien ihm eng, und nicht einmal sich fortzusehnen war ihm gestattet. Das Gelübde vom Sterbebett des Vaters band ihn.

Und doch begann, ohne daß er es wußte, just da sein eigentliches Leben. Und hier beginnt auch die Geschichte von Karin Brandt, dem jüngsten Kinde Magnus' und der Frau, die er verloren hatte.

Nichts unterschied das Landleben der damaligen Zeit von dem Tage, die wir kennen, so stark wie der Mangel an Verkehrsmitteln. Der Telegraph trug damals noch nicht die Nachricht von Geschehnissen der großen Welt in die kleinsten Winkel, noch dampfte die Lokomotive nicht durch die Wälder, und die Post kam selten. Dahin, wo Magnus Brandt und seine zwei Töchter wohnten, kam die Posttasche alle vierzehn Tage, und man hielt dies zu jener Zeit für viel und genug. Sommers ruderte der Fischer-Anders sie über den Klefsee, winters trug man sie, wenn das Eis fest war, auf beschneitem, hart getretenem Pfad hinüber. Wenn das Eis weder brach noch trug, so kam die Post spät, auf Umwegen. Sie kam in die Kanzlei des Herrenhofes, von wo groß und klein aus nah und fern sich ihre Briefe abholten, und wo in den ersten Tagen nach dem Ereignis der Hüttenherr selber angestrengt an dem großen Schreibtisch saß, sich die Gänsekiele zurechtschnitt und über das verdammte Messer fluchte, das nie scharf genug war. Da kamen auch Pakete, die von fernher verschrieben waren, Seide und Garn, Knöpfe und Nadeln.

Vereinzelte Male kam auch ein Buch, das Botschaft brachte von der Welt draußen, in der Gedanken gedacht und Taten getan wurden, von denen ein spärlicher Teil auch zu dem Hof an dem schönen See hinter den meilenweiten Wäldern gelangte. Die Bibliothek war wohl versehen, und seit dem Tode seiner Frau kaufte Magnus Brandt selten neue Bücher. Er sparte die Lektüre für sich selbst auf; die Töchter mußten sich meist mit der Hausmannskost der Schulbücher begnügen. Wenn aber die Posttasche geleert und ihr Inhalt geordnet war, so rief der Hüttenherr seine Töchter feierlich herein und teilte unter sie aus, jeder das ihre. Das geschah stets unter vielen Vermahnungen, sparsam umzugehen mit dem Empfangenen, damit es lange vorhalte, und die Bücher nicht übergreifen zu lassen in die Zeit, die der Arbeit gehörte.

Schweigend und respektvoll wurde diese Rede, die sich jahraus, jahrein wiederholte, angehört. Waren die beiden Mädchen aber erst sicher draußen, so eilten sie die Treppe empor, liefen schneller und immer schneller, je mehr sie sich aus der Nähe der väterlichen Strenge entfernten, und wenn sie dann die Tür zu den zwei kleinen Stuben, die sie gemeinsam bewohnten, sicher hinter sich zugemacht hatten, so wurden die Schätze hervorgeholt, besichtigt und geprüft, und munter und frisch ging dazu das Plaudern. Es hatte sich ja etwas ereignet!

Gleich einem Atemzug aus einer größeren Welt war es gekommen und hatte die Sinne in Erregung gesetzt. Und während der ersten Tage lag auf Skogaholm die Freude in der Luft, junge, wißbegierige, traumhungrige Freude. Die Bücher, wenn solche ausnahmsweise dabei waren, wurden abwechselnd verschlungen, wieder und wieder hervorgeholt, aufs neue gelesen, bis die Mädchen sie auswendig konnten. Und wenn die Nacht kam, lagen die beiden wach und schwatzten von all dem, was ihre Gedanken und ihr Sehnen geweckt hatte. Das Licht mußte gelöscht sein. Denn weh ihnen, wenn nach zehn Uhr noch Licht brannte! Cäcilia, die ältere Schwester, war diejenige, die am meisten las. Karin, jung und kindlich, wie sie war, hörte am liebsten zu, wenn die Schwester las, oder auch sie las selbst, langsam und ungeduldig, um schließlich, im hellen Verdruß darüber, wie schwer der Autor schrieb, das Buch wegzulegen. Viele neue Bücher kamen, wie gesagt, auf diesem Wege nicht in die Hände der jungen Mädchen. Aber ein Hauch aus Walter Scotts Ritterwelt war doch nach dem Einsegnungsalter auch zu ihnen gedrungen.

Mit bebenden Herzen hatten auch sie den Liebesworten Pauls und Virginies gelauscht, schaudernd hatten sie in sich den Eindruck der Schreckenswelt aufgenommen, die die Mystik in »*Nôtre Dame de Paris*« schuf, und einmal war ihnen sogar »Werthers Leiden« als verbotene Frucht in die Hände geraten. Karin fand das Buch hinter einem Regal in der Bibliothek, hinter das es gefallen war. Mit klopfendem Herzen verschlang sie es und gab es dann scheu der älteren Schwester. Nie war ein Buch ihr so schön erschienen, und sie konnte es nicht fassen, daß es der Schwester nicht zusagte. Alles derartige aber kam selten und in langen Zwischenräumen. Die Post kam nicht sehr oft, und die Zensur über die Bücher war streng.

Mit der Posttasche kamen auch Zeitungen nach Skogaholm. Die behielt der Hüttenherr jedoch für sich, und kein Bitten der Töchter vermochte ihn, sie von sich zu geben. Streng konservativ, wie er war, hielt Magnus Brandt natürlich nur Zeitungen nach seinem Geschmack. Aber Politik war etwas, womit sich seiner Meinung nach eine Frau niemals befassen sollte, und was die Zeitungen sonst enthielten, schien ihm zumeist derart, daß Frauen es besser erst als verheiratet kennen lernen sollten. Magnus Brandt selber las die Zeitungen nach einer eigenen, von ihm selbst erfundenen Methode. Um sich selbst die Illusion zu schaffen, daß er täglich Berichte aus der großen Welt entgegennähme, begann er nämlich jeden Posttag mit der Nummer, deren Datum am weitesten zurücklag, und gestattete sich nicht, mehr als eine Zeitung den Abend zu lesen. Solange die Zeitungen auf diese Weise reichten, war er auch zufrieden mit seinem Tag. Während der zwei oder drei Tage, da sie zu Ende und die neuen noch nicht angekommen waren, war er mißgestimmt. Er untersuchte auch in aller Heimlichkeit und mit größter Genauigkeit alle schon gelesenen Nummern, in der Hoffnung, irgend etwas von Interesse zu finden, das er beim ersten Durchlesen etwa übersehen hätte.

Nach dem Tode seiner Frau schloß Magnus Brandt sich mehr und mehr vom Umgang mit den Menschen ab. Das Leben auf Skogaholm war nicht mehr dasselbe wie zuvor. Die Prachtgemächer und Säle, wo die alten Porträts hingen, wurden geschlossen, und vor den Fenstern wurden die dichten Rouleaus niedergelassen. Obst und Beeren aus Gewächshaus und Garten prangten nicht mehr in Silberschalen bei heiteren Gastmahlen, und im Keller schlangen sich die Spinngewebe um die vergessenen Flaschen. Magnus Brandt begnügte sich mit den Alltagszimmern im Parterre mit ihren niedrigen Fenstern, mit ihrer einfachen Einrichtung. Sein größtes Behagen fand er in der Bibliothek, in die er sich zurückzog, um ungestört zu sein, und in die sich niemand sonst wagte.

In den vielen Jahren, während derer Magnus Brandt Witwer war, hatte niemand je auch nur das geringste davon vernommen, daß der Herr von Skogaholm an eine neue Ehe dachte. Im Anfang hatte er sich Gouvernanten im Hause gehalten, junge Damen und ältere Damen, mit Brille und ohne Brille. Alle waren sie nur ganz kurz geblieben. Denn wo es seine Töchter galt, war Magnus Brandt nicht leicht zufriedenzustellen. Er fühlte seine Verantwortung so stark, daß er gegen jede, der er sie anvertraute, argwöhnisch war. Sechs Jahre lang ging er in beständiger Angst umher. Entweder fürchtete er, daß die Mädchen schlecht behandelt würden und sich nicht zu beklagen wagten, oder auch, daß sie nichts lernten. Dann wieder, daß die Erzieherin zu schlapp war und die Kinder dadurch eigenmächtig würden. Schließlich jedoch glückte es Magnus Brandt, eine Frau nach seinem Sinn zu finden. Es war eine kleine, magere Dame mit strengem Gesichtsausdruck und wachsamen Augen. Ihre Art, sich zu kleiden, trug ein eigentümliches Gepräge von Schüchternheit, als kenne sie ihre Stellung und finde es unrecht, für mehr gelten zu wollen, und zeichnete sich doch zugleich durch eine gewisse Eleganz aus, die sie den Namen im Pfarrhof und der Frau des Kronvogtes gleichstellte.

Diese Dame fand Magnus Brandt gegenüber die richtige Behandlungsweise. Ihre Methode war eigentlich ganz einfach die, nie selbst eine Meinung auszusprechen, sondern durch kluges und vorsichtiges Setzen ihrer Worte in dem Hausherrn die Einbildung zu erwecken, daß ihre Meinungen seinem eigenen Gehirn entsprungen seien. Sie hieß Mamsell Hellner, wurde für gewöhnlich Mamsell Agda genannt und war die Tochter eines entfernt wohnenden Waldhüters, den sie selbst »meinen Vater, den Förster« nannte. Diese korrekte Dame, die alles sah, nie ein Urteil äußerte und so unbemerkt ihres Weges ging, als kümmere sie sich um nichts als um ihre

Pflicht, blieb drei Jahre auf Skogaholm. Es glückte ihr im Verlauf dieser Zeit, Magnus Brandts Vertrauen vollständig zu gewinnen. Dies war um so merkwürdiger, als ihre Laune just nicht die gleichmäßigste war. Wenn sie Kopfschmerzen hatte, so durfte niemand mit ihr reden, und zu ihrer Erziehungsmethode gehörte strenge körperliche Züchtigung. Jugendlicher Frohsinn war ihr verhaßt, und noch nie war es auf Skogaholm so still gewesen, wie seit Mamsell Agda ihren Einzug gehalten hatte. In einer Nacht mußte man sie ohnmächtig vom Garten heraustragen, weil der Hausherr ihrer Meinung nach hart zu ihr gesprochen hatte. Als sie schließlich noch halb bewußtlos die Augen aufschlug, redete sie irre, wie wenn sie glaubte, sie befände sich unter Fischern.

Dies Geschehnis war nicht das einzige in seiner Art. Magnus Brandt verstand sich nicht auf sie; er fand aber doch, was er auch aussprach, daß sie große Verdienste habe, und da die Töchter sich nicht beklagten, ließ er fünfe grad sein und drückte vor dem, was er »Frauenzimmerschwächen« nannte, ein Auge zu. Jedenfalls nahm die Dame ihm seine Bekümmernis um die Töchter ab, und steif und fest glaubte er, sie hätten in Mamsell Hellner die mütterliche Freundin gefunden, deren sie bedurften. Und das freute ihn. Denn nach dem Tode seiner Frau liebte Brandt seine Töchter mehr als alles auf der Welt. So tief liebte er sie, daß er, der Mann in den besten Jahren, auch nicht einmal im Traum daran dachte, ihnen eine Stiefmutter zu geben. Eine Frau kann niemals die Kinder einer anderen Frau lieben, dachte Brandt. Für mich selber muß es eben gehen, wie es will. Aber das könnt' ich nie ertragen, daß meine Töchter zurückgesetzt würden oder ihr Verhältnis zu mir gestört würde. Als Pflichtmensch, der er war, fiel es ihm gar nicht ein, diesem Vorsatz untreu zu werden, nachdem er ihn einmal gefaßt hatte, und da er außerdem ein weicher und gefühlvoller Mann war, weit mehr, als er es der Welt zeigte, so fühlte er sich sogar glücklich in dem Opfer, das er brachte, und hoffte im stillen, seine Kinder würden ihm dereinst heimzahlen, was er in der Zeit ihrer Entwicklung durch sein Entsagen für sie getan hatte.

Denn es war wirklich ein Opfer, das Brandt einmal gebracht hatte, und das Opfer hatte wie ein Schwert durch seine Seele geschnitten. Die Entsagung, die er sich auferlegt, hatte ihm mehr gekostet, als irgend jemand wußte oder je wissen würde.

Auf dem Hüttenwerk Elfshammar, eine Meile waldeinwärts gelegen, wohnte Brandts Nachbar und Umgangsfreund, der viele Jahre jüngere Hüttenherr Fabian Skotte. Auch er war Witwer; doch ihm hatte seine Ehe keine Kinder geschenkt, und es hieß, daß dies, solange die Frau noch lebte, ein Quell langjährigen Unglücks gewesen sei. Jetzt war die Frau tot, und was zuvor ein Kummer gewesen, ward nun unverhofft eine Erleichterung.

Zu ihm kam eines Sommers Familienbesuch. Es waren Verwandte aus Upsala, eine ganze Professorenfamilie mit vier Kindern, und als Verwandte blieben sie, der Sitte jener Zeit gemäß, in der Reisen selten und langwierig waren, den ganzen Sommer über. Es ward dies ein belebter Sommer auf Elfshammar. Keine Woche verging, ohne daß die Equipagen der Nachbarhöfe an der großen Treppe vorrollten und angespannt beim Stall warteten, bis der Wald dunkel gegen den lichten Sommerhimmel stand.

Diesen Sommer fuhr auch Magnus Brandt oft nach Elfshammar. Manchmal nahm er seine Töchter und Mamsell Agda mit, öfter fuhr er allein. Ohne es sich selber klarzumachen, tat Magnus Brandt das, weil in des Professors Familie eine junge Tochter war. Ihretwillen waren diesen Sommer seine Besuche auf dem Nachbargute so zahlreich. Das junge Mädchen war fünfundzwanzig Jahre; sie hatte weiches, lichtbraunes Haar, das gescheitelt um einen schön geformten Kopf lag, den sie meist leise gesenkt trug. Ihr Blick, wenn sie aufsah, war rein und gut; auch lächelte sie gern. Was für eine Farbe ihre Augen hatten, das wußte Magnus Brandt nicht zu sagen. So seltsam schimmerten sie vor seinem Blick. Ebensowenig wußte er, ob sie eigentlich schön war. Es überraschte und beglückte ihn gleichzeitig, als er einmal ihre Schönheit als allgemein anerkannte Tatsache rühmen hörte. Ohne sich Rechenschaft abzulegen über die Ursache, genoß Magnus Brandt das Bewußtsein der Nähe des jungen Weibes; er fühlte sich dabei wieder jung und glücklich.

Alles, was er erlebt hatte, was so schwer auf ihm lag, und worüber er sich mit niemand je hatte aussprechen können, ward ihm gleichsam zu etwas, das in die Schatten zurückglitt, während er selber hinaustrat in das Sonnenlicht und sich von ihm wärmen ließ. Er sprach niemals viel mit ihr; aber wenn es geschah, so vergaß er, um was sich das Gespräch drehte, fühlte sich nur leicht und ruhig. Am liebsten saß er still und sah ihr zu, wenn sie in ihrem geblümten Musselinkleid und dem großen, gelben Strohhut mit dem schmalen Samtband darum über den Rasenplatz ging, oder wenn sie, barhaupt, mit leichten Schritten die breite Treppe heraufeilte, die von dem großen, offenen Vestibül zu den Gasträumen hinaufführte.

So, deuchte es Magnus Brandt, hatte er noch nie ein Weib gehen sehen. Ihr Gang wirkte auf ihn wie liebliche Musik. Und eines Abends, als er einsam heimwärts fuhr, dachte er: sie würde meinen Kindern eine gute Mutter werden. Um ihn war Stille, die Fahrt durch den Tannenwald währte lang, tief im Waldesdämmern gurrten die Tauben, und über dem Weg flimmerten bleich die Sterne. Wo der Wald sich lichtete, breitete sich spiegelklar der See. Man mußte einen großen Bogen fahren, um Skogaholm zu erreichen. Droben auf dem Hügel sah Magnus Brandt die dunkeln Schatten dichtgedrängter Häuser und Bäume, sah die wohlbekannten Umrisse mit einer Schärfe und mit einem Freudeschauer, als hätte er sie nie zuvor gesehen. Da lag seine Heimat. Immer gedankenvoller ward Magnus Brandt, und immer rascher liefen die Pferde, die die Nähe des Stalles fühlten.

Zu Hause angekommen, ging Magnus Brandt in das große Wohnzimmer, befahl dem Mädchen, das auf ihn gewartet hatte, zu Bett zu gehen, zündete selbst Licht an und begann dann, die Hände auf dem Rücken, in dem milden Dämmer auf und ab zu gehen. Und die ganze Zeit über dachte er an seine Töchter, die in den kleinen Stuben eine Treppe hoch schliefen; und seine Unruhe war groß.

Sie würde eine gute Mutter für meine Kinder werden, dachte er wieder. Im selben Augenblick ging durch seinen ganzen Körper ein schneidendes Schmerzgefühl, ein Liebeserzittern, so gewaltsam, wie es der Jüngling nie zu erfahren vermocht, ein Verlangen so brennend und stark, wie es nur der empfindet, der sich bewußt ist, daß er nur noch eine kurze Stunde Leben vor sich hat und dann nichts mehr.

Unschlüssig blieb er vor einem Frauenporträt in braunem Mahagonirahmen mit schwarzen Ecken stehen. Es war eine Bleistiftzeichnung und stellte ein junges Weib vor, ein Mädchen fast, mit Augen gleich denen eines Kindes und einem träumerischen Zug um den seelenvollen Mund.

In dieser Stunde sah Magnus Brandt sein ganzes vergangenes Leben. Er hörte Musik um sich, zarte Töne von dem feinen Spinett, das jetzt längst verschlossen stand. Er sah eine weiche Gestalt singend durch die Zimmer gehen. Um sie sah er zwei kleine Mädchen mit geflochtenen Haaren, munterem Lachen und kosenden Bewegungen. Seine Jugend stieg vor ihm auf, alles, was er verloren, alles, was er besessen hatte. Er entsann sich wieder, wie licht alles dereinst gewesen, wie plötzlich das Licht erloschen war. Ehe er wußte, wie es zugegangen war, saß er in einer Mitternacht neben einem Krankenbett, in dem sein Weib lag und mit dem Tode kämpfte. Unheimliche Laute kamen ihm jetzt ins Gedächtnis –damals hatten sie ihn nicht geschreckt. Er wußte nur noch, wie nah, wie lebendig nah ihm all das Wunderbare, das die Nähe des Todes mit sich bringt, kam. Jetzt aber ward ihm auf einmal alles so wirr und fremd. Er vermochte in seinen Gedanken nicht mehr das, was gewesen, mit dem, was jetzt war, zu verbinden. Alles ward unwirklich, unmöglich. Einsam ging er durchs Zimmer. Seine Frau war eben erst gestorben und hatte ihm zwei Kinder hinterlassen, zwei Weib-Kinder, für die er dereinst würde Rechenschaft ablegen müssen, er, der Mann.

Und mitten in all dem empfand er wieder das sehnende Verlangen, das ihm schon einmal zum Bewußtsein gekommen war. Hin und her wanderte er im Zimmer. Er sah alt aus, wie er da ging, älter, als er in Wirklichkeit war. Am Himmel begann die Morgendämmerung die Wolken zu färben, und die Kerzen in den Leuchtern brannten matt. Da blies Magnus Brandt die Lichter aus und fing an klar zu denken. Die Wirklichkeit zwang ihn wieder in ihre Gewalt, die Wirklichkeit, vor der der Weg, den er zu gehen hatte, klar lag. Er ging zu Bett und schlief bis sieben Uhr, eine ganze Stunde länger, als er sonst zu schlafen pflegte.

Am folgenden Tage hatte Magnus Brandt eine lange Unterredung mit seinem Verwalter, und am Nachmittag rief er Mamsell Agda zu sich auf die Kanzlei. In kurzen wohlüberdachten Worten offenbarte er ihr seine Pläne, schützte eine Geschäftsreise vor und gab seine Befehle, wie alles mit den Töchtern gehalten werden sollte. Mamsell Agda hörte respektvoll wie immer den Worten des Hausherrn zu. Aber ihre Augen spielten wacher als gewöhnlich, und sie blickte lange vor sich nieder, als bedrücke sie die Verantwortung. Am Abend fuhr Brandt nach Elfshammar, um Adieu zu sagen, und als er in der Nacht heimkehrte, war sein Gemüt leicht, wie nach Erfüllung einer schweren, aber unabweislichen Pflicht.

Zwei Tage darauf hielt vor der Steintreppe der zweispännige Wagen, und des Hüttenherrn Koffer und Hutfutteral wurden auf die dazu bestimmten Plätze gestellt. Drin in seinem Zimmer nahm Magnus Brandt Abschied von seinen Töchtern. Ihm deuchte, nie hätte er sie mehr geliebt als jetzt.

Magnus Brandt war drei Monate lang fort. Er sprach zu Hause nie davon, weshalb er gereist und wo er gewesen war. Den Töchtern brachte er kostbare Geschenke mit, Seidenstoffe, die für später aufbewahrt werden sollten, Schmuck, den sie tragen durften, wenn sie das Einsegnungsalter erreicht hatten. Für die Bibliothek kam eine ganze Kiste voll Bücher an, französische Philosophie des achtzehnten Jahrhunderts, in goldbraunes Leder mit goldgepreßten Rücken gebunden. Mamsell Agda erhielt eine silberne Uhr zum Dank für die Fürsorge, die sie in der Abwesenheit des Hüttenherrn dem Haushalt gewidmet hatte.

Als Magnus Brandt heimkehrte, war es schon Herbst, und die Arbeit im Hammer ging langsam. Die Wege waren schlecht, und man klagte, daß der Schnee nicht kommen wollte, der Schnee, der die Waldwege fahrbar machen würde, damit die Kohlenwagen Brennmaterial heim- und die Erzschlitten das Erz fortführen könnten. Im Dezember endlich kam der Schnee, über den Klefsee legte sich das Eis, auf allen Wegen klingelten die Schellen, und auf dem Hüttenwerk pochte der Schmelzhammer, und die Stangenhämmer schmetterten darein, daß die Dachbalken erzitterten und die Funken des glühenden Eisens in die Luft schwirrten.

In diesem Winter ward die älteste Tochter des Hüttenherrn, Cäcilia, eingesegnet. Sie war hochgewachsen, von einer eigenartig ernsten Schönheit. Als sie, schwarzgekleidet und zum erstenmal mit hochgekämmtem Haar, vor den Altar trat, da war in der ganzen Kirche keiner, der nicht auf die schöne Herrenhoftochter geblickt hätte. Demütig und doch mit einer gewissen Würde näherte sie sich dem Altar und beugte das Knie – links, ganz zu äußerst. Ein kleiner Zwischenraum entstand zwischen ihr und den Töchtern der Leute. Es kam ganz von selbst; denn keine hatte den Mut, so dicht neben dem Herrenhoffräulein Platz zu nehmen, und die Winke des Pastors, daß vor dem Tische des Herrn kein Unterschied sei zwischen hoch und niedrig, schien niemand zu beachten.

So kam der Pastor zuerst zu Cäcilia. Und während die Orgeltöne den Raum erfüllten, reichte er dem jungen Mädchen Brot und Wein, zugleich die heiligen Worte sprechend. Darauf machte er zwei Schritte nach links und ließ die anderen jungen Mädchen der Gemeinde des Sakramentes teilhaftig werden. Über dem ganzen Gottesdienst ruhte an diesem Tage eine feierliche Stimmung, die sich der ganzen Gemeinde mitteilte. Denn es war für alle ein großer Tag, der Tag, an dem Magnus Brandts älteste Tochter vor den Altar getreten war. Alle nahmen an diesem Ereignis teil, und als Cäcilia ruhig und mit leicht gesenktem Haupt zur Herrenhofbank zurückging, wo Vater, Schwester und Mamsell Agda auf sie warteten, da fiel es der ganzen Versammlung auf, daß unter den Jungen sie die einzige war, die nicht geweint hatte. Mehr gedankenvoll als erregt senkte sie das Haupt zum Gebet. Sie schien nicht zu hören, wie die Töchter der Gemeinde rings um sie her schluchzten.

Magnus Brandt war an diesem Tage tatsächlich aufgeregter als die Tochter. Als er auf den Kirchenhügel hinaustrat, hatte er alle Mühe, sich aufrechtzuhalten, während die Honoratioren der Umgegend sich um ihn und die Töchter drängten, um in üblicher Weise ihren diskreten Glückwunsch auszusprechen. Der Hüttenherr Fabian Skotte auf Elfshammar vermochte kaum seine Augen abzuwenden von dem jungen Weibe, das er zum erstenmal im Gewand einer erwachsenen Frau erblickte. Lächelnd, jugendlich stand er zwischen Vater und Tochter und suchte nach einem Vorwande, den Abschied zu verzögern. Aber Magnus Brandt winkte kurz seinem

Kutscher, vorzufahren, und fuhr nach einem hastigen Abschied fort von der Kirche, im offenen Landauer, er selbst und Cäcilia im Vordersitz, Mamsell Agda und die jüngste Tochter im Rücksitz. Wo der Wagen vorbeifuhr, flogen die Hüte von den Köpfen und standen die Weiber knixend am Wegrande. Magnus Brandt beantwortete mechanisch die Grüße der Leute. Er dachte in diesem Augenblick bloß an das Große, daß nun die eine Hälfte seiner Pflicht erfüllt war. Jetzt war die eine seiner Töchter binnen kurzem heiratsfähig und würde die Heimat verlassen. Und binnen weniger Jahre würde auch die jüngste soweit sein. Und dann brauchte er nicht mehr länger die Verantwortung zu tragen, die seit Jahren auf ihm gelastet hatte. Er fühlte sich stark und zukunftssicher, wie er so dasaß, und in ernster Freude blickten seine Augen hinaus über die Felder, wo der Herbstroggen in einsamem Grün stand und die ersten Lerchen in der Luft zwitscherten.

Von diesem Tage an begann Cäcilia in Küche und Milchkammer auf Skogaholm das Zepter zu führen, und Magnus Brandt freute sich, zu sehen, wie flink sie alles ausrichtete, und wie leicht und rasch die Haushaltmaschine unter ihren Händen arbeitete. Karin dagegen litt just in dieser Zeit darunter, daß sie die jüngste sein sollte. Jetzt mußte sie allein die langweiligen Grammatikaufgaben lernen und die schweren Zahlen ausrechnen, die sie doch niemals verstehen würde. Denn seit die Einsegnung das Kind in ein junges Weib verwandelt hatte, suchte Cäcilia in ihren freien Stunden sich selbst ihre Bildung, wo sie sie eben fand. Und sie benutzte ihre Freiheit zu mancherlei Lektüre, von der weder Vater noch Schwester wußten. Allem aber ging immer der Haushalt vor, und Magnus Brandt handelte darin nicht anders als die meisten seiner Stammesbrüder und Zeitgenossen.

Mamsell Agda war es in dieser Zeit nicht so leicht recht zu machen. Durch Cäcilias Erhöhung zur jungen Dame kam sie selber in zweite Reihe, und ihre Stellung im Hause wurde eine andere, als sie zuvor gewesen war. Freundlich war sie nie gewesen, und gerade Karin hatte sie stets mit der äußersten Strenge behandelt, teils weil das junge Mädchen in allem, was den Unterricht betraf, schwerer auffaßte als die Schwester, teils auch vielleicht aus anderen Ursachen. Nachdem Cäcilia die Zügel des Haushaltes in die Hand genommen hatte, ward Mamsell Agdas Laune reizbarer als je und kam nicht selten zu Ausbrüchen, über die im ganzen Hause einzig Magnus Brandt selber in Unkenntnis war. Er hatte sich so daran gewöhnt, in Einsamkeit dahinzuleben, daß niemand ihm die Augen zu öffnen wagte. Und wenn er selber vielleicht hier und da etwas argwöhnte, so schwieg er, aus purer Unlust, sich in dem einsamen Gedankenleben stören zu lassen, das er mehr und mehr führte.

So viel hatte Magnus Brandt geopfert, daß er hart geworden war gegen seine Umgebung, in gewisser Weise sogar gegen die, die ihm die Nächsten waren. So viel hatte er dahingegeben an Hoffnungen und Glück für seine eigene Person, daß ihm das Leben mehr und mehr wie eine strenge Schule erschien, die wir alle durchmachen müssen, ohne daß doch einer das Recht hätte, Freude davon zu erwarten. Noch brannte in ihm die Erinnerung an das schöne Frauenantlitz mit den offenen, guten Augen, für deren unergründliche Farbe er nie einen Namen hatte finden können. Aber wenn die Erinnerung daran über ihn kam, so beschwichtigte er sich selbst an seiner Pflicht. Daß er seine Pflicht erfüllt hatte, das wußte er. Und doch schenkte ihm dies Gefühl kein Glück. Das Bewußtsein war eher mit einem Beigeschmack von Bitterkeit untermischt, einer Bitterkeit, die sich just gegen die Kinder wandte, um derentwillen das Opfer gebracht worden war. Und so ward Magnus Brandt nach seiner langen Reise strenger gegen sich und die Seinen denn je zuvor.

Da geschah es an einem Frühlingstage, wenige Wochen nach Cäciliens Konfirmation, daß Magnus Brandt einsam über den Hofplatz kam und seinem Hühnerhund pfiff. Er wollte draußen auf dem Felde nach der Saat sehen. Er nahm den Weg am Kanzleiflügel vorbei, an dessen äußerem Ende die Webkammer lag. Da glaubte er von dorther Laute zu vernehmen, die ihm verdächtig vorkamen, und weil er wußte, daß gerade keine Webe im Gange war und also niemand dort etwas zu schaffen hatte, trat er leise an das Fenster, das von niederhängenden Zweigen zur Hälfte versteckt war, und blickte hinein. Zuerst mußte er ein paar Schritte rückwärts machen und dann eine Weile stillstehen, um Atem zu holen und die Herrschaft über sich selber wieder zu erlangen. Aber ohne daß er es wußte, schoß ihm das Blut ins Gesicht; zum zweitenmal trat er auf das Fenster zu und schlug mit der geballten Hand gegen die Scheibe.

Drinnen stand Mamsell Agda mit einer Haselgerte in der Hand und prügelte seine Tochter. Bei dem unerwarteten Geräusch und während es Magnus Brandt rot und schwarz vor den Augen flimmerte, fuhr Mamsell Agda zurück und hörte mit Schlagen auf. Ihr Gesicht ward kalt und zugleich verzerrt, ihr Mund stand offen.

»Das Kind!« murmelte Brandt. »Das Kind!« Wie ein Blitz durchfuhr es ihn, daß er durch sein übereiltes Tun das arme Mädchen erschreckt hatte, anstatt ihr ruhig zu helfen. So rasch seine Beine ihn tragen wollten, sprang der Hüttenherr um den Flügel herum und trat durch die Tür in die Webstube. Dann trat er auf Karin zu, legte mit ungewohnter Zärtlichkeit seinen Arm um ihre Schultern und sagte leise, ganz als ob sie beide allein wären: »Gehe auf deine Stube und sei ruhig. Dies hier geschieht nie wieder.«

Ganz erfüllt von einem ungewohnten, glücklichen Empfinden schlich sich die Tochter hinaus. Als sie fort war, wandte Magnus Brandt sich um und sagte in seinem schärfsten Hausherrnton, ohne sich auch nur umzublicken: »Sie kommen sofort auf mein Zimmer, Mamsell!«

Zitternd – unter einem Sturm von Gefühlen, die er sich selbst nicht klarzumachen vermochte – ging Magnus Brandt in seine Stube, deren Tür er offenstehen ließ. Mit weißem Gesicht, den Mund noch offen vor Schreck, folgte ihm Mamsell Agda.

»Machen Sie die Tür zu!« befahl Brandt.

Und Mamsell Agda gehorchte.

Magnus Brandt blickte auf die kleine Person mit den scharfen Zügen und den sonderbar schrägen Augen, und in ihm stieg ein Gefühl von Scham auf, daß er dies Gesicht nicht eher verstanden hatte.

»Warum schlagen Sie das Mädchen, Mamsell?« fragte er.

Sein Zorn wuchs noch unter diesem Gefühl der Demütigung, das ihn beherrschte, der Demütigung, daß drei Jahre hatten vergehen können, in denen er blind und taub gewesen war für das Weib, dem er in seinem eigenen Hause Macht eingeräumt hatte.

»Sie konnte ihre Aufgabe nicht,« antwortete Mamsell Agda leise.

»War das alles?

»Ich weiß nicht.«

Die Worte kamen leise, geheimnisvoll, unsicher. Jetzt war an Brandt die Reihe zu erschrecken – wie vor etwas Unheimlichem, das ihm unerklärlich war. Unwillkürlich trat er zwei Schritte zurück und stellte sich hinter den Schreibtisch.

»Sie verlassen das Haus natürlich morgen,« sagte er so ruhig wie möglich.

Da schlug Mamsell Agda beide Hände vors Gesicht und fing an zu weinen. Kein Laut war vernehmbar; aber ihr ganzer magerer Körper zitterte konvulsivisch. Und während er dies stumme Weinen mit ansah, erwachte in Magnus Brandt der Instinkt des Mannes. Auf eine ihm selbst unerklärliche Weise begriff er, daß dies Weinen ihm selber, seiner eigenen Person galt. Und mit einem Ton aufrichtigsten Abscheus rief er aus: »Gehen Sie! Ich will das nicht hören!«

Da nahm die kleine Person die Hände vom Gesicht, und Brandt sah, daß ihre Augen trocken waren. Anstatt zu gehen, blieb sie stehen und fing an zu sprechen. Mit monotoner Stimme sprach sie von allem, was sie gelitten hätte, wie sie seine Kinder geliebt und stets ihr Bestes getan, wie sie still und schweigend ihrer Wege gegangen und wie es stets ihr Los gewesen wäre, daß man sie verkannt und fortgejagt hätte.

Magnus Brandt stand und hörte Mamsell Agdas Worten zu; und sein Widerwille wuchs. Aus diesem ganzen Wortschwall erklang ein Flehen um Gnade, und in die Verteidigungsrede mischten sich Worte der Zärtlichkeit und Liebe für ihn selber, Worte, die er hörte, aber nicht verstehen wollte. Schließlich stand die kleine Person ganz still und wartete mit niedergeschlagenen Augen auf die Antwort.

Das Schweigen, das der langen Rede folgte, war wie etwas Häßliches, das nicht andauern durfte. Magnus Brandt wußte nicht, wie er die Reihe von Entdeckungen, die er plötzlich gemacht zu haben glaubte, erklären sollte. Er wußte nur eins – er wollte ein Ende machen mit der ganzen Geschichte. Er nahm noch einmal seinen schärfsten Ton zu Hilfe und brach los: »Wollen Sie jetzt gehen, Mamsell, oder nicht?«

Da machte Mamsell Agda zwei Schritte auf den Hüttenherrn zu, streckte ihm demütig die Hand entgegen und sagte: »Erlauben Sie mir, Ihnen noch für alle Güte zu danken.«

Magnus Brandt fluchte vor Erregung, packte die kleine Person an den Schultern, daß sie wie ein Kreisel herumfuhr, stampfte vor Zorn auf den Boden und brüllte: »Marsch!«

Und still und stumm ging Mamsell Agda zur Tür hinaus.

Wie ein Lauffeuer verbreitete sich im ganzen Hause die Neuigkeit, daß Mamsell Agda fort mußte. Das Hausmädchen brachte sie in die Küche, von der Küche kam sie in die Gesindestube, von der Gesindestube über das ganze Gut.

Auf ihrem Zimmer saß Karin in tiefen Gedanken und sah, wie die Sonne durch die kleinen Scheiben auf dem Bett mit den weißen Vorhängen und auf den schmalen Läufern des Fußbodens spielte. Ihr Herz war voller Freude, als wäre das Leben plötzlich leicht geworden und alle Menschen gut. Das rotblonde, weiche Haar, das in einer langen, üppigen Flechte niederhing, umrahmte ihr schmales, feines Gesicht, in dem die Wangen nach dem heftigen Schreck und der Freude, die so plötzlich, so unfaßbar gekommen war, rot glühten. Und Karin saß und dachte, wie unsäglich sie doch ihren Vater liebte, und wie es auf der ganzen Welt niemand gab wie ihn. Sie war aufgeregt und glücklich, und die graublauen Augen, die sie sonst am liebsten versteckte, als wäre sie bange, andere ihre Gedanken lesen zu lassen, funkelten und leuchteten wie zwei Sonnenstrahlen. In atemloser Spannung verging der Tag. Ein Gewitter lag über dem ganzen Hause, und niemand wußte, ob es ausbrechen oder stumm vorüberziehen würde. Magnus Brandt ging nach den Mahlzeiten grimmig auf seine Stube. Mit aller Gewalt mußte er vor sich selbst den Gedanken festhalten, in dem er ständig lebte: daß er ja nur seine Pflicht getan habe, wenn er den Mädchen keine Stiefmutter gegeben. Er konnte aber nicht damit fertig werden, daß eine streng erfüllte Pflicht so hart bestraft werden sollte. Ein Zweifel, ob er nicht vielleicht seine Pflicht mißverstanden haben könnte, lauerte in seinem Herzen, und der Hüttenherr mußte all seine Selbstbeherrschung aufbieten, um den Dämon zu verscheuchen. Dennoch konnte er nicht verhindern, daß spät am Abend, als er allein auf seinem Zimmer saß, gerade die Erinnerung, die er fürchtete, ihn heimsuchte. Vielleicht habe ich mich geirrt, dachte er. Vielleicht hätten die Mädchen in ihr eine Mutter und eine Freundin gehabt.

So unerwartet kam ihm dieser Gedanke, daß er gar nicht faßte, wie ihm das nur überhaupt in den Sinn kommen konnte. Und während der Maimond über den Hügel fiel und weit über den stillen See einen Lichtweg zog, lachte Magnus Brandt sich selbst und seine törichten Gedanken aus und ging zu Bett, selbst erstaunt darüber, daß er vor lauter Mondscheinschwärmerei sogar seinen Zorn gegen Mamsell Agda vergessen hatte.

Droben in den Zimmern der Mädchen schien auch der Mond durchs Fenster. In ihren langen, weißen Nachthemden saßen die Schwestern engumschlungen auf Cäcilias Bett. Halblaut, damit kein Ton sie verraten sollte, redeten sie von allem, was geschehen war und wie es jetzt werden würde. Cäcilia hochgewachsen, voll, Karin klein und schlank, aber mit schon gewölbten Hüften und sich rundender Brust. Bis Mitternacht saßen die beiden so; und während die Stunden gingen, zog sich der Mondschein über die Schwelle, verschwand und blinkte schließlich vom Fußboden des inneren Zimmers heraus, wo Karins Bettvorhänge weiß im Mondlicht leuchteten. Da merkte Karin plötzlich, daß sie fror; sie küßte die Schwester zur Gutenacht, glitt leicht über die Schwelle und verkroch sich, vor Kälte zitternd, in ihr Bett. Bald schliefen beide Schwestern tief und ruhig. Und rings um das einsame Haus war nichts zu hören als der eintönige Klang der Hämmer und die schweren Schritte des Nachtwächters, der allstündlich um den Hof die Runde machte.

Die einzige, die nicht schlafen konnte, war Mamsell Agda. Voll Gram und Wut lag sie halbangekleidet auf ihrem Sofa und sah mit weit offenen Augen, wie die Dämmerung sich in Dunkel und das Dunkel in Licht wandelte. Als das Hausmädchen mit dem Kaffeebrett hereinkam, stand sie in ihren Reisekleidern fertig mitten im Zimmer und beantwortete den knappen Gruß des Mädchens mit ihrer freundlichsten Stimme. Auf dem Brette lag ein Briefumschlag, der des

Hüttenherrn Handschrift trug; ein spöttisches Lächeln trat auf Mamsell Agdas Lippen, als sie es entdeckte. Der Umschlag enthielt ihren Lohn, ausgerechnet auf Monat, Woche und Tag. Nicht ein Heller darüber oder darunter. Keine geschriebene Zeile dabei.

Eine Weile später kam Mamsell Agda unbefangen die Steintreppe herunter. Als sie sah, daß der Kutscher mit dem Inspektorskabriolett, das nur mit einem Pferde bespannt war, auf sie wartete, biß sie die Zähne zusammen, um ihre Demütigung zu verbergen, verzog aber sonst keine Miene. Als das Schutzleder um sie geknöpft war, legte sie dem erstaunten Hausmädchen einen Zweierzettel in die geöffnete Hand.

So fuhr Mamsell Agda vom Hofe ab. Magnus Brandt stand vor seinem Rasierspiegel und hörte, wie das Geräusch des Wagens hinter der Biegung der Allee verklang. Er führte das Messer mit sicherer Hand; nur einen Augenblick mußte er innehalten, weil seine Lippen sich unwillkürlich! zu einem zufriedenen Lächeln verzogen.

In bester Laune kam Magnus Brandt an diesem Morgen zum Frühstück, aß zwei Teller Roggenmehlgrütze, eine Portion Hering und Kartoffeln und trank dazu seinen Kaffee aus der großen, goldrandigen Tasse, die niemand als der Hüttenherr selber benutzen durfte. Er sprach wenig mit den Töchtern, saß nur da und sah zufrieden aus mit dem Dasein und freute sich im stillen, daß die Mädchen ihm nicht mit Fragen kamen.

Nach dem Frühstück machte er seine gewöhnliche Runde im Hüttenwerk und auf den Feldern und saß dann den ganzen Vormittag in seinem Arbeitszimmer. Die Kanzlei, die im Inspektorsflügel lag, mußte heute ohne ihn auskommen.

Am Nachmittag geschah etwas Ungewöhnliches: Magnus Brandt schickte nach seinen Töchtern und ließ ihnen sagen, er erwarte sie im Kabinett. Das Kabinett war ein kleiner Raum, der zwischen dem großen, jetzt nie mehr benutzten Schlafzimmer, dessen Tür verschlossen war, und dem Wohnzimmer oder, wie es meist genannt wurde, der guten Stube, lag. Das Wort Salon mochte der Hüttenherr nicht, weil es ausländisch klang. Die Salons, die im Hause waren, hatte er außerdem selbst abgeschlossen, und wenn je das Zimmer einmal als Salon dienen sollte, das Wort jedenfalls durfte in seinem Beisein nicht angewandt werden. Das Kabinett stand stets offen, und alles, was darin war, ward aufs pünktlichste gepflegt und geputzt. Aber wie in schweigendem Übereinkommen betrat es fast nie jemand, und wenn die Familie sich versammelte, saß man nie dort. Das war Mutters Zimmer, pflegten die Mädchen zueinander zu sagen. Da standen die geraden, zierlichen Empiremöbel, die Mutter so gern gehabt hatte, mit dem Sofa, das abgesägt war, weil es sonst nicht Platz gehabt hätte. Da stand der mit Perlmutter eingelegte Nähtisch der Verstorbenen und der rote Chagrinschrein, in dem sie ihre Nippsachen und die Briefe aus der Verlobungszeit aufbewahrte. Da standen die weißen Alabasterleuchter mit den neuen, reinen Wachskerzen darin, die nie angezündet wurden, und die Potpourrivasen aus chinesischem Porzellan und die schöne, weiße Pendüle. Von hier aus blickte man weit hinaus über den See, und hier, das wußten die Mädchen noch, hatte Mutter mit ihnen gespielt, ihnen vorgelesen und vorgesungen und Märchen erzählt. Und als der Vater sie da herein befahl, traten sie unwillkürlich leise, fast unhörbar auf. Drinnen saß Magnus Brandt ihnen ernsthaft gegenüber. Sein Gesichtsausdruck war milder als gewöhnlich.

»Ich habe nachgedacht über das, was geschehen ist,« begann er. »Und ich möchte gern wissen, wie alles war.«

Die Schwestern blickten einander an. Sie saßen jede auf ihrem Stuhl. Und Karins Herz fing heftig zu pochen an. Am liebsten wäre sie aufgestürzt und dem Vater um den Hals gefallen. Aber sie wagte es nicht.

»Ich meine,« fuhr Brandt kurz fort, »ist das, was ich gestern entdeckt habe, oft vorgekommen?«

»Ja!« brach Karin aus. »Sie haßte mich.«

Als fürchtete sie, zu harte Worte gesprochen zu haben, errötete sie und blickte zu Boden. Aber Magnus Brandt achtete in diesem Augenblick nicht auf einzelne Worte; in ihm war die Begier, die Wahrheit zu erfahren; darum zwang er die Töchter ruhig zum Erzählen. Nach und nach gelang ihm das auch in der Weise, daß Cäcilia ruhig begann und Karin nachhalf, wenn die

Schwester ihrer Meinung nach zu wenig sagte. Und jetzt erfuhr Magnus Brandt die Wahrheit. Er hörte von Szenen, die sich in seinem eigenen Haus abgespielt hatten, und von denen er selbst nichts ahnte. Eine kleinliche Grausamkeit, die die Erziehung zur Tortur machte. Eine harte, unbeugsame Strenge, die alle Strafe mit Lust auszuteilen schien. Eine ganze lange Zeit der Qual, die ohne sein Wissen die Kindheit der Töchter niedergedrückt und sie in einer ständigen Furcht vor ihm selber gehalten hatte. Und dazwischendurch fielen Ausdrücke, bei denen sich der Vater zum erstenmal verwundert fragte, ob nicht seine Töchter, so sehr sie auch noch Kinder waren, mehr gesehen und verstanden hätten, als er für tauglich und nützlich hielt.

Magnus Brandt fühlte, wie ihm der Schweiß auf der Stirn ausbrach, und obgleich er die Antwort im voraus wußte, fragte er kurz: »Warum hat keine von euch mir das früher gesagt?«

»Wir trauten uns nicht,« antwortete Cäcilia. »Sie hat uns gedroht.«

Karin nickte eifrig. Ihre Augen leuchteten die ganze Zeit über.

»Es ist vorbei jetzt,« sagte Magnus Brandt bedächtig. »Und wir müssen froh sein, daß es so ein Ende genommen hat.«

Er sagte das so, als hätte er sich in letzter Minute bedacht, was er eigentlich sagen wollte. Und erst nach einer Pause fuhr er fort: »Ich will nicht, daß ihr noch einmal eine Gouvernante im Haus haben sollt. Ich habe genug von der Sorte. Ich will allein sein mit euch beiden. Lange dauert es ja doch nicht mehr.«

Er lächelte, als er das gesagt hatte, mit einer Miene, als wäre er mit einem Scherz so weit gegangen, als es vor den Ohren junger Mädchen nur irgend möglich und statthaft war.

»Ihr werdet ja doch früher oder später heiraten, eine um die andere; und da bleib' ich hier einsam. Nun ja, das ist mir ja auch recht so. Ich beklage mich nicht. Das Leben hat mir genug gegeben. Und das Beste, was ich mir jetzt denken kann, ist, daß ich in Ruhe und Frieden mit euch hier leben kann und niemand Fremdes brauche, der uns stört. Aber nun sollt ihr auch hören, wie ich will, daß alles eingerichtet wird. Ihr beide sollt den Haushalt führen; ich will mich auf euch verlassen können wie ihr euch auf mich. Du, Cäcilia, sollst deiner jüngeren Schwester helfen und sie lehren, was sie noch nicht weiß. Wenn es auch ein bißchen weniger Französisch und Geklimper wird –das ist einerlei –wenn sie nur einen Haushalt führen und sich in Zucht und Ehren ihrer Jugend freuen kann, so lang' sie währt, und der Arbeit, die ja doch schließlich das Beste ist, was uns das Leben geben kann. Du, Karin, sollst von deiner älteren Schwester lernen, sollst ihr helfen und ihr gehorchen, bis du einmal zum Tisch des Herrn gegangen bist und für dich selber einstehen kannst. Und beide sollt ihr mir gehorchen. Ich weiß, daß ihr das stets getan habt, und ich danke Gott dafür. Aber es kann einst der Tag kommen, daß ich über eure Zukunft bestimmen und euch euren Weg im Leben weisen muß, besser als ihr selbst es versteht. Und da will ich, daß ihr mir gehorchen und nach meinem Willen tun sollt. Denn niemand meint es besser mit euch als ich, und niemand hat euch so lieb. Das sollt ihr mir hier geloben, darum hab' ich euch hierher rufen lassen, wo eure Mutter, meine selige, verstorbene Frau, mit mir und mit euch gelebt hat, wie ihr noch klein wart. Versprecht ihr mir das, so kann ich ruhig leben, und wir können getrost der Zukunft entgegensehen.«

Die Töchter saßen stumm da. Keine von ihnen wagte aufzublicken.

Schließlich sagte Cäcilia, indem sie ihre ruhigen Augen auf den Vater richtete: »In allem, was ich kann und was mir möglich ist, gelobe ich, so zu tun.«

Magnus Brandt blickte die Tochter forschend an. Aber ehe er noch etwas sagen konnte, fühlte er Karins Arme um seinen Hals und ihre Wange an der seinen. »Alles, was Sie wollen, Vater, will ich tun, jetzt und allezeit. Nie will ich etwas anderes tun, nie auch nur etwas anderes wollen.«

Über ihrer Stimme, über ihrem ganzen Wesen lag eine Bewegung, so vibrierend stark, daß dem Vater die Tränen in die Augen traten. Er legte seinen Arm um die Tochter und, den Kopf an seine Brust gelehnt, weinte Karin. All dies war ja so feierlich, und in Mutters Stube geschah es, und Vater hatte ihr so viel gesagt, was sie nie vergessen konnte. So überströmend war ihr Empfinden, daß es ihr wie ein Glück erschien, daß sie sich opfern sollte für unbekannte Zwecke, daß sie alles geben sollte, ehe sie noch überhaupt wußte, was das Wort bedeutete. Magnus Brandt vergaß den Vorbehalt, der ihn in den Worten der ältesten Tochter verletzt hatte, und fand, er hätte alles erreicht, was er mit seinen Worten bezweckte. Sanft schob er seine Jüngste von sich, hustete, schneuzte sich und sagte mit einer Stimme, die er so trocken und alltäglich als möglich zu machen suchte: »Ich geh' jetzt für ein paar Stunden auf mein Zimmer. Morgen geht die Post.«

Den ganzen Nachmittag ging Karin in einer wunderlich erregten Gemütsverfassung umher. Daß sie so etwas Schönes hatte erleben können, daß sie so viel hatte, wofür sie leben konnte, und was sie mit Freude erfüllte, daß der Vater so gut sein konnte, und daß er sie so innig liebte – all das war mehr, als sie überhaupt glaubte fassen zu können! Als sie die Arme um des Vaters Hals geschlungen hatte, da hatte Magnus Brandt zu allem die Tochter auch noch auf die Wange geküßt. Nicht, wie er sie jeden Morgen und jeden Abend zum Gutenmorgen und zur Gutenacht auf die Stirn küßte. Sondern ganz anders. All das war so viel Freude auf einmal, daß es Karin nicht im Hause litt. Einsam wanderte sie hinaus, auf dem Wege, der durch die kleine Hecke auf dem Gartenhügel ins Birkenwäldchen führte. Dort ging sie weit hinaus, bis sie nichts mehr sah als die weißen Stämme der Birken, die aufbrechenden Knospen an den weichen Zweigen, die moosigen Steine und den Spiegel des Sees, der im Lenzwind sich kräuselte. Und dann setzte sie sich auf einen Stein und folgte mit den Blicken den weißen Wolken, die über den klarblauen Himmel segelten.

Ganz still saß sie da und träumte davon, wie schön doch das Leben war. Als sie heimkam, konnte sie gar nicht begreifen, daß alles so war wie immer. An der Treppe blieb sie stehen und sah sich um, als erwartete sie in der überquellenden Glückseligkeit des Augenblicks etwas ganz Neues und wäre enttäuscht, daß da nichts Neues war … Erst als sie abends dem Vater Gutenacht sagte und seine Lippen auf ihrer Stirn fühlte, war sie wieder ruhig und froh und ganz erfüllt von dem wunderbaren Weihegefühl, das sie den ganzen Tag über begleitet hatte.

Frühzeitig ging sie in ihre Stube, nur um allein zu sein. Ihr war, als ob die Nähe der anderen sie störe und alles, was sie groß empfand, gleichsam kleiner machte. Sie stand am offenen Fenster und sah gedankenvoll hinaus in die Dämmerung. Als sie die Schwester kommen hörte, wandte sie sich nicht um, sondern blieb an ihrem Platz am Fenster stehen; alles lag ihr so fern außer dem einen neuen Gefühl, das sie so ganz und gar beherrschte.

Cäcilia störte die Schwester auch durch nichts. Auch in ihrer Stube ward es still, so still, daß das Schweigen Karin endlich zum Aushorchen brachte. Sie wandte sich zum Zimmer der Schwester und sagte: »Was hast du denn damit gemeint, wie du zu Vater gesagt hast: in allem, was ich kann und was mir möglich ist?«

»Mehr kann kein Mensch versprechen,« antwortete Cäcilia ausweichend.

»Das versteh' ich nicht,« antwortete Karin. »Weniger als alles kann man doch nicht versprechen oder geben.«

Wieder wandte sie sich ab und sah zum Fenster hinaus. Die Worte der Schwester schnarrten ihr im Ohr wie etwas Leeres, Kleines, das alles, was sie selber so warm empfand, gleichsam abkühlte. Eine Wolke glitt über den Frühlingshimmel, eine lichte Wolke, die von den Zweigen der alten Rüster vor ihr zerspalten ward. Und wie Karin so dastand, deuchte ihr, als habe die Stimme der Schwester, da sie eben geantwortet hatte, wunderlich hart und bitter geklungen; und wieder zur Wirklichkeit erwachend, wandte sie sich um und ging langsam in die Stube der Schwester.

Da sah sie, daß auch Cäcilia an ihrem Fenster saß. Aber sie sah nicht hinaus. Zusammengekauert saß sie in der Dämmerung. Und als Karin näher trat, merkte sie, daß die Schwester weinte. Erstaunt rief sie: »Du weinst? Heute?«

Da stand Cäcilia auf, wischte die Tränen aus den Augen und antwortete in ihrer gewohnten ruhigen Stimme: »Es ist nichts. Es geht gleich vorüber. Du bist ein Kind und verstehst nichts.«

Verletzt ging Karin wieder in ihre Stube und begann sich auszuziehen. Tatsächlich verstand sie der Schwester Worte nicht. Sie hatten nur die Wirkung auf sie, daß sie sich zum zweitenmal enttäuscht fühlte an diesem Tag, an dem ihr sonst alles schön war und feierlich wie ein Fest. Warum konnte nicht alles, was sie geträumt und empfunden, so schön sein und so ungestört wie zuvor?

Zweites Kapitel

Im folgenden Winter wurde Karin eingesegnet, und im Frühling ging sie in den Einsegnungs-unterricht. Auf sie selbst hatte diese ganze Zeit wenig Einwirkung, und es sah manchmal fast aus, als wundere sie sich darüber, daß alle diese Zeiten der Belehrung und des Nachdenkens als etwas so Wichtiges und Feierliches ansahen. Ihre eigenen Gedanken waren zumeist damit beschäftigt, daß sie jetzt erwachsen wäre, und was für Veränderungen dadurch in ihrem Le-ben entstehen würden. Was der Pastor sagte, erschien Karin als etwas, was andere mindestens ebensoviel anging wie sie selber. Sie suchte etwas ganz anderes, etwas, was zu ihr ganz allein spräche. Die ganze Zeit über ging sie umher wie in Erwartung, und als das, was sie ersehnte, nicht kam, fühlte sie sich fast betrogen. Auch deuchte ihr, nie in ihrem ganzen Leben hätte sie etwas so Schweres erlebt, als wie sie vor dem Altar stand und vor der ganzen Gemeinde die Fragen beantworten mußte, die der Pastor an sie richtete. »Ja« antworten auf das Gelübde, das von ihr gefordert wurde, das tat sie aus vollstem Herzen. Denn kein Zweifel an dem, was die Religion sie gelehrt hatte, war in ihrer Seele. Aber als sie ihr Gelübde ablegte, kam es Karin vor, als wiederhole sie eigentlich nur, was sie früher einmal dem Vater gelobt hatte –nur jetzt mit gezwungenen, eingelernten Worten.

Wirklich von Andacht ergriffen fühlte sie sich erst, als sie am folgenden Sonntag, so wie einst die Schwester, zum Altar vortrat. Die Orgel spielte, und die Gemeinde sang, die Luft war voll von Tönen, und sie fühlte den Blick des Vaters auf sich ruhen. Magnus Brandt sah seiner Tochter nach mit dem Gefühl, daß jetzt seine zweite und letzte Pflicht erfüllt war. Und etwas von dem, was dieser Blick enthielt, fühlte auch die Tochter. Vom Altar klangen jetzt dazu die feierlichen Worte des Erlösers. Und all das überwältigte Karin. Sie weinte laut, in einem Gemisch von Freude und Schmerz, das sie selbst erschreckte. Es war, als käme etwas Neues ihr in ihrem Leben entgegen, als lege sie mit einem Male die frohe Sorglosigkeit, die ihre Kindheit erfüllt hatte, hinter sich.

So war denn auch Karin erwachsen. Aber das änderte in keiner Weise das Leben auf dem alten Hofe, wo nun zwei heiratsfähige Töchter jahraus, jahrein einsam bei einem Vater saßen, der mit der Einsamkeit zufrieden war und nichts anderes zu brauchen schien. Die kleine Szene, die nach Mamsell Agdas plötzlicher Abreise stattgehabt hatte, hatte Vater und Töchter im Grunde einander nicht näher geführt. Der Verkehr zwischen ihnen war ein leichterer geworden und hatte einen wärmeren Anstrich erhalten; aber näher waren sie einander nicht gekommen, und ein Vertrauen, wie spätere Zeiten es erzeugten, war damals zwischen Vater und Kindern selten. Darum gingen diese drei Menschen ihre eigenen Wege, ohne unter den Verhältnissen zu leiden, ohne eine Änderung ihrer Beziehungen zu einander zu wünschen, ohne überhaupt von etwas derartigem zu träumen. Mehr und mehr ging Magnus Brandt in der Arbeit, im Verwalten des Gutes, im Beaufsichtigen des Hüttenwerkes auf. Nicht ohne ein starkes Gefühl des Widerwillens tat er das; daß die Stunden, die er früher in seiner Bibliothek zuzubringen pflegte, mit den Jahren immer weniger und weniger wurden, erweckte in seiner Seele ein Gefühl der Bitterkeit, das immer mehr anwuchs. Er dachte unaufhörlich daran, daß die Arbeit, der er seine größte Kraft opfern mußte, nichts war als eine schwere Pflicht, die das Schicksal ihm gegen sein Wollen auferlegt hatte. In der Bibliothek, wo seltene Folianten viele Regale füllten, wo andere die besten Namen der schwedischen und französischen Literatur trugen, wo römische Dichter, Denker und Geschichtschreiber eine ganze Abteilung für sich hatten –da war Magnus Brandts wahre Heimat. Nutzlos hatte er –das fühlte er –sein Leben für das Gut geopfert, auf dem er wie ein Begrabener lebte. Nutzlos war es, nutzlos. Denn in einsamen Stunden, die er am liebsten zu vergessen suchte, erkannte Magnus Brandt, daß die ganze Lage des Gutes nicht mehr die war, die sie früher gewesen. Die Ursache war ihm rätselhaft. Aber im Innersten nagte an ihm der Zweifel, ob er selber auch wirklich der Mann dazu sei, an der Spitze eines Besitzes zu stehen, auf dessen Gedeihen das Wohl und Wehe von zweihundert Menschen beruhte.

Hätte ich doch einen Sohn! dachte Magnus Brandt in solchen Stunden, einen Sohn, der mir die Last von den Schultern nehmen, einen Sohn, dem ich die Früchte meiner Arbeit, der Arbeit des ganzen Geschlechts als Erbe hinterlassen könnte! Je älter er wurde, desto mehr beschäftigte ihn der Gedanke, daß mit ihm ein Zweig des großen Brandtschen Geschlechtes aussterben würde. Der, der einmal das Gut nach ihm erben würde, würde einen neuen Namen tragen. Mit ihm, dem jetzt noch Lebenden, würde die Geschichte der Brandts auf Skogaholm zu Ende sein. Zwei Töchter hatte er, aber keinen Sohn. Der Gedanke an eine neue Ehe, der ihn einst fast dazu gebracht hätte, dem einmal gefaßten Vorsatz untreu zu werden, war längst so fern in der Erinnerung versunken, daß er zum zweitenmal einen Mann, wie Magnus Brandt es geworden war, nicht versuchen konnte. Bei einem Besuch auf Elfshammar hatte er einst gehört, daß das Weib, das damals seine Liebe geweckt, sich mit einem Beamten in Stockholm verheiratet hatte. Ohne mit der Wimper zu zucken, hatte er die Nachricht angehört, und schon am folgenden Tage schenkte er ihr keinen Gedanken mehr.

So lebte Magnus Brandt. Und neben ihm ging seine älteste Tochter ihren Weg zwischen Küche, Speisekammer, Eßzimmer, Wäscheboden, Backofen und Vorratsraum. Ob Cäcilia im stillen sich fortsehnte vom Vater und von anderem als von des Haushalts Mühe und Einerlei träumte? Jedenfalls sprach sie nicht davon. Sie hatte sich frühzeitig zu einer mustergültigen Hausfrau entwickelt, und ihr Ruf war groß in der ganzen Gegend. Es hieß von ihr, sie erinnere an ihre Großmutter, die alte Gnädige auf Malmhütte, die noch jetzt, mit siebzig Jahren, nach ihres Mannes Tode Hof und Leute wie ein Mann regierte und nie einen Verwalter zwischen sich und ihre Untergebenen hatte kommen lassen. Über Cäcilias ganzes Wesen war etwas Gebieterisches gekommen, und ihre Art hatte etwas von der ruhigen Bestimmtheit, die man oft bei Leuten findet, die gewiß sein können, daß ihre Befehle befolgt werden.

Ihr ganzer Trost außer dem Hause war die enge Freundschaft, die sie mit Henrika, der ältesten Tochter des Pastors Stadius, einem stillen, frommen Mädchen ihres eigenen Alters, geschlossen hatte, mit der sie während der Konfirmationszeit bekannt geworden war, und an der sie seitdem treulich festgehalten hatte. Trotz des Vaters offen ausgesprochener Mißbilligung dieser Vertraulichkeit, die ihm zwischen seiner Tochter und einer Bürgerlichen nicht passend erschien, hatte Cäcilia mit der ruhigen Energie, die ihr eigen war, in diesem Punkt ihren Willen durchzusetzen verstanden, so daß das Verhältnis zwischen den beiden Freundinnen sich in Ruhe entwickeln konnte. Oft fuhr sie selber hinüber zum Pastorhaus, und da ihr viel daran lag, daß die Freundin nichts vom Widerstand des Vaters gegen ihre Vertraulichkeit ahnen sollte, setzte sie auch durch, daß Mamsell Henrika mehr als einmal auf dem Herrenhof eingeladen wurde, manchmal für einen Tag, manchmal, nach damaliger Sitte, für mehrere Tage oder sogar Wochen. Wenn die Freundinnen einander nicht sehen konnten, wechselten sie Briefe, lange, ernsthafte Briefe über die wichtigen Fragen des Lebens und die kleinen Kümmernisse des Alltags, über treue Freundschaft und Zweifel an der Freundschaft Dauer. Und immer enthielten sie auch das Gelöbnis, daß, was auch geschehen möge, niemals das Band reißen sollte, das zwei Freundinnen vereinte, die nichts Höheres vom Leben wünschten als eben diese reine Freundschaft, die durch nichts getrübt werden konnte. Durch Holzhacker und Bauernfuhrwerke, durch Kirchenbesucher und Erzwagen wurden diese Briefe befördert. Die Post benützten sie, des teuren Portos willen, niemals.

Es hieß allerdings, daß Karin der Schwester zur Hand gehe in den häuslichen Geschäften, und während der großen Arbeitswochen vor Weihnachten und Mittsommer, beim Schlachten oder vor den regelmäßig wiederkehrenden zwei großen Diners, die Brandt alljährlich den Honoratioren der Umgegend gab, lief sie auch äußerst geschäftig umher, ein Tuch ums Haar und eine gestreifte Schürze über das selbstgewebte Hauskleid gebunden. Wieviel sie dabei nutz war, mag dahingestellt bleiben, aber sicher ist, daß sie die anderen, die wirklich arbeiteten, bei guter Laune erhielt. Sie lief vom Boden zum Keller und vom Keller wieder hinauf zum Boden, sie war überall, sie freute sich über alles und war glücklich über alles, weil sie alle lieb hatte und selbst fühlte, daß man sie lieb hatte. Zwischen all den Jungen und Alten, die arbeiteten und hasteten, lief sie herum, nahm an allem teil, legte überall Hand mit an, richtete so gut wie nichts aus und war doch unentbehrlich.

Karin war es, die aus den Leuten ihre Geschichten herauslockte, mochten es nun alte Erzählungen aus längst vergangenen Zeiten sein oder Spukgeschichten, die sich am besten anhörten, wenn es dunkel war und die Talglichte in langen Streifen an den dunklen Wänden flackerten. Am liebsten aber lockte sie Lieder aus den anderen heraus; denn die liebte sie vor allem. Sie wußte, wer die alte Weise vom Hirten und von der kleinen Kerstin kannte, wer draußen im Wald am schönsten jodelte, und wer das Lied von Malcolm Sinclair mit den vielen Versen konnte. Wenn kein anderer singen wollte, so sang Karin selbst. Niemand hatte sie das gelehrt. Sie selbst hatte herausgefunden, daß sie eine Stimme hatte, und hatte sie brauchen gelernt. Sie konnte die Lieder der anderen und noch mehr als nur die. Auf dem niederen Mahagoniregal neben dem alten Spinett hatte sie Lieder gefunden, andere, als die in der Gegend gesungen wurden, und noch zu Mamsell Agdas Zeit hatte sie notdürftig Notenlesen und die Kunst, eine einfache Melodie auf dem Klavier zu spielen, gelernt. Wenn der Vater draußen auf der Hütte war und niemand sie hören konnte, saß Karin vor dem Spinett und suchte sich auf den Tasten die alten Weisen zusammen, die die Mutter einst gesungen hatte. Und so sang sie:

Oder auch:

Und viele andere Lieder konnte Karin noch. Am liebsten sang sie sie für sich selber, wenn sie einsam durch Feld und Wald streifte. Nie sang sie fröhlicher, als wenn niemand sie hören konnte. Das Leben, das sie führte, war ein Traumleben, mit einem frischen Zusatz von Freude an allem, was die Wirklichkeit ihr bot. Im Wald hatte sie ihre Pfade, die niemand außer ihr kannte. Am Bach hatte sie ihre Steine, und am See war ein langer, feiner Sandstrand, wo sie oft lag und aufs Wasser hinausblickte, während sie den Sand durch ihre weichen, sonnverbrannten Hände rinnen ließ. Tief im Wald lag der Eulenberg, und hob sich über die Spitzen der Tannen. Von seinem Gipfel sah man meilenweit hinaus über die Wälder, und der See war von dort aus ganz klein und eng, wie er so eingeklemmt zwischen Hügel und Wald da lag. Auch dort hatte Karin ihre eigene Kluft, in die sie hinabkroch, bis sie nichts mehr sah als den Berg und die Tannen. Waldesstill war es dort, unheimlich und wild, daß es das Blut in Wallung brachte. Wenn der Herbstwind durch die Bäume blies, saß Karin wohlgeborgen in ihrer Schlucht, und wenn sie dann wieder auf den Hof zurückkehrte, war ihr Haar voll Tannennadeln, und auf ihren Wangen lag eine frische Röte.

Auf solchen Spaziergängen sang sie nicht. Da war alles grau und unheimlich: Singen paßte da nicht. Sie sang aber auch nicht immer allein. Manchmal sang sie den Leuten im Hause vor oder der Schwester. Bloß wenn der Vater in die Nähe kam, verstummte sie. Aber unter dem Gesinde war ihr wohl, unter ihm hatte sie Freunde, unter den rußigen Schmieden und ihren Weibern und in den Waldhütten und ringsum in den kleinen Höfen, die über die weitgestreckten Felder zerstreut lagen. Mutter Vestlund, die einsam und grau in ihrem kleinen Häuschen hinter der Hütte wohnte, mit der großen Myrte im Fenster und den vielen buntfarbigen Blumen vor der Tür, gehörte dazu.

Sie war Witwe, die Kinder waren verheiratet oder tot, von keinem hörte sie mehr. Aber munter und fröhlich war sie immer und dabei alt, schrecklich alt, beinahe neunzig Jahre. Sie hatte unter sechs Königen gelebt, und zwei davon hatte sie auch gesehen, Gustaf III., als Krieg war und er auf einem Bauernkarren nach Dalarne hinauffuhr, um zu dem Volke zu reden, und Karl Johann, als er noch Kronprinz und jung war und einst vorüberritt in blauen Reithosen, die in langen Glanzlederstiefeln staken, und einem dreieckigen Hut auf dem Kopfe, begleitet von einer Schar Herren in silber- und goldblitzenden Uniformen. Auch den Fischer-Anders kannte Karin, der Fische auf den Hof brachte und mit der Post fuhr, der so viele Kinder hatte und so arm war. Auch mit der Landstreicher-Lotte war sie gut Freund. Aber die Freundschaft mußte geheim gehalten werden. Denn die Landstreicher-Lotte war eine schlechte Person. Sie war nämlich ein Zigeunerweib, das in allen Kirchspielen herumzog und bettelte und stahl. Kam der Hüttenherr auch nur von fern, so schlich Lotte sich fort, wer weiß wie schnell und wohin, und mehr als einmal hatte sie ihm, laut und leise, die schwarzen Verwünschungen ihres heimatlosen Volkes nachgeschickt. Denn der Hüttenbesitzer war ein strenger Herr, der der alten Lotte oft genug mit dem Schultheiß drohte. Aber das Fräulein war mild und gut. Sie sprach freundlich mit der

Landstreicherin, und mehr als einmal steckte sie ihr ein bißchen Brot oder Pfannkuchen oder Wurst zu, die sie heimlich aus der Küche holte. Dann hatte sie auch Jon, den taubstummen Jon, der sich mit Holzhacken auf dem Herrenhof Kleidung und Essen verdiente. Er war der Narr aller, alle machten sie Unsinn mit ihm, weil es so lustig anzusehen war, wie er die Augen rollte, wenn er böse wurde, und wie er murmelte und schluckte, ohne ein Wort herauszukriegen, wenn er ihnen einmal seine Meinung sagen wollte. Wenn dann aber Karin kam, ihn beim Arme nahm und ihn von seinen Quälgeistern wegführte, wurde er sogleich fromm wie ein Lamm, lachte sein blödestes Lächeln und schob brummend seinen Holzkarren vor die Küchentreppe. Auch der Waldhüter, der in einem eigenen Häuschen wohnte und die Jagdhunde dressierte, war Karins Freund, der alte Tischler, der immer fluchte und schimpfte, ließ mit sich reden, wenn Fräulein Karin in die Werkstatt kam, und die alte Jonsa, die im Waschhause wohnte und eine große, schwarze Katze hatte, hatte oft Besuch vom kleinen Fräulein.

Die alte Jonsa war schon länger als alle anderen auf dem Hof. In ihrer Jugend war sie schön gewesen und stark wie ein Mannsbild. Ohne Beschwerde ging sie die Leiter zum Magazinboden hinauf mit einer Tonne Roggen auf dem Rücken. Sie hatte allerlei Beschäftigungen gehabt, je nachdem die Jahre sie verändert hatten. Aber ledig war und blieb sie. Das Gerücht behauptete, das käme daher, daß sie zu viele Bräutigame gehabt hätte und nie einen Mann hätte festhalten können, nachdem sie ihn gewonnen hatte. Wenn man aber der Sache auf den Grund ging, so war Jonsa auf ihre Art dennoch treu gewesen, nicht nur ihrer Herrschaft, sondern auch ihrer Liebe. Sie hatte nämlich immer den Stallknecht geliebt, und wären nicht die Stallknechte immer wieder gegangen und neue dafür gekommen, so hätte der Gegenstand von Jonsas Liebe höchstwahrscheinlich nie gewechselt. Nun wechselten aber eben die Stallknechte auf Skogaholm und mit ihnen Jonsas Liebe. Der größte Kummer ihres Lebens war, als »der Neue«, wie sie ihn selber nannte, Jonsa schließlich zu alt fand. Sie gab sich endlich zur Ruhe, und das unregelmäßige Leben, das sie geführt hatte, schien wenigstens ihrer Laune nicht geschadet zu haben. Noch im Alter war sie vergnügt von morgens bis abends, und so oft Karin in die kleine Stube im Waschhause guckte, hatte Jonsa einen Haufen von Liedern, Märchen und Schnurren für sie. Gespenstergeschichten wußte sie auch, und ihre allerbeste war die von der Frau auf Pintorp, die der Teufel in seine Krallen nahm, als sie starb, so daß alle Leute es sehen konnten. Schwarzgekleidet und elegant kam er gefahren, als die böse Frau auf dem Sterbebette lag, und als er wieder vom Hof wegfuhr, sprangen unter den Hufen der schwarzen Pferde die Funken auf, und im Schornstein war ein Lärm, als ob eine ganze Schar von kleinen Teufeln dort ihr Wesen trieb.

Sie alle und noch andere mehr waren Karins Freunde; mit ihnen lebte sie ihr eigentliches Leben. Unter ihnen war niemand, der sie schweigen hieß, wenn sie zu reden begann, niemand, der auf ihre Fragen antwortete, das verstehe sie noch nicht. Im Gegenteil –die wunderten sich alle darüber, wie klug und verständig das kleine Fräulein war. Das ermutigte Karin, und darum war sie mit ihnen freier und mehr sie selbst als daheim. Von ihnen erhielt sie Bescheid über manches, woran sie dem Vater und der Schwester gegenüber nicht zu rühren wagte, und im ganzen lernte sie von ihnen mehr als von Vater, Schwester, Pastor und Gouvernanten zusammengenommen. Ein wunderliches Gemisch war vielleicht diese Art Bildung, welche die kleine Karin sich auf solche Weise verschaffte –zusammengesetzt aus einem guten Teil Bauernweisheit, viel Aberglauben, aus Sagen, Märchen, Liedern und Schnurren. Aber über dem allem lag etwas menschlich Gesundes und Wahres, das sie freudig machte und tauglich für das Leben, das sie zwar nicht kannte, über das sie aber doch auf diesen Umwegen allerlei nicht zu verachtende Winke erhielt. Manches ward ihr anvertraut, einfach und naiv, von Jungen und Alten, was ihnen Freude oder Kummer machte in dem ereignisarmen Leben, in das die großen Gewalten Tod und Liebe doch auch hereinspielten. Lebendige Menschen sprachen zu ihr, wohlmeinend, direkt, und manches liebe Mal hatte Karin, wenn schon sie noch ein Kind war, Menschen beigestanden, wenn das Leid sie traf oder die große Freude kam. Und all das war bei ihr auf guten und fruchtbaren Boden gefallen, und so einsam sie auch war, war sie doch reicher, als sie selbst wußte.

Vor allen anderen aber hatte Karin einen Freund, der ihr in dieser Zeit der allerliebste war. Das war der alte Svedin. Er war ein alter Soldat und wohnte in einem Häuschen im Walde. Er war ganz allein und hatte nur noch ein Bein. Das andere hatte er in Finnland gelassen, wo es ihm im Lazarett abgenommen worden war. Der Alte fluchte noch, wenn er an die Schmerzen dachte. Der alte Svedin war nämlich auch in einem Eckchen mit bei dem letzten großen Krieg gewesen, als die Russen Finnland nahmen. Das war sein Stolz und sein Kummer, sein Harm und sein nie versiegender Gesprächsstoff. Wie er aus diesem Abenteuer, das ihn von Haus und Heim losgerissen hatte, wieder zurückgekommen war, das wußte er nicht. Denn mehrere Tage lang hatte er bewußtlos in dem verdammten Lazarett gelegen, und als er erwachte, befand er sich im Zwischendeck eines Schiffes und war seekrank. Aber heim kam er, und auf dem kleinen Gütchen durfte er bis zu seinem Tode bleiben. Das war ihm versprochen. Als er zurückkehrte, war seine Braut im Wochenbett gestorben; und er selber war Junggeselle. Svedin biß die Zähne zusammen und verschloß seine Trauer in sich. Sein Gewehr hatte er behalten dürfen, das hing an der Wand neben der Geige und dem Pulverhorn und einem bunten, eingerahmten Porträt von Karl XII. Anderen zur Last zu liegen, das paßte dem alten Svedin nicht. Bot man ihm etwas an, so antwortete er nur: »Danke, danke!« aber er nahm nichts. Darum war es in der ganzen Gegend zur Redensart geworden: »Ich danke, danke! sagt der alte Svedin.« Und je älter er wurde, desto borstiger wuchs ihm der steife Schnurrbart unter der Nase, und desto unzugänglicher ward er selbst.

Die einzige, die ihm ein Vierundzwanzig-Schillingstück oder ein bißchen frischbackenes Brot zustecken durfte, ohne daß er fluchte und spuckte, war Karin. Das kam daher, daß sie sich nicht abschrecken ließ, weder von dem borstigen Schnurrbart und der Adlernase, den dicken Brauen über den scharfen, argwöhnischen Augen, noch von der Schroffheit des Alten. Karin war es gewöhnt, daß jedermann ihr Freund war, und wußte gar nicht, was es heißen will, zurückgestoßen zu werden. Darum besiegte sie auch den alten Svedin. Sie ward seine Augenweide, seine Freude, sein Trost. Fast sah es aus, als lächelte er, wenn sie über seine Schwelle trat.

Und kam sie einmal, so blieb sie immer lange da. Nirgends gab es so viel zu sehen wie beim alten Svedin. Da gab es geschnitzte Truhen und große mit Rosen und Schnörkeln bemalte Kisten, dreieckige Eckschränke und gerade Wandschränke. Denn als Svedin aus dem Krieg heimkam und nichts von anderen annehmen wollte, da griff er zu Pinsel und Farben und begann zu malen. Die Bauern kamen mit ihren Möbeln zu ihm, wenn diese alt oder beschädigt waren, oder wenn Hochzeit war und alte Sachen zu neuen gemacht werden sollten, damit man sie mit Ehren weggeben konnte. Alle kamen sie zum alten Svedin, und als er einmal bekannt war und Kunden hatte, fing er an, selber Möbel zu machen. Holz gab's ja, Gott sei Dank, im Walde, und damals wehrte noch niemand den Armen, ihren Bedarf zu holen. »Aber *die* Zeit kommt auch noch,« sagte der Alte. »Glaub's nur, *die* Zeit kommt auch noch. Wenn *ich* auch dann, Gott sei Dank, Staub und Erde sein werde!«

Drin in der niederen Stube saß der alte Svedin und malte auf einen Schenkschrank mit Aufsatz die Jahreszahl 1810. Auf die Türen malte er große Federbüsche, die aus Urnen herauswuchsen, Oberstück und Aufsatz verzierte er mit reichen Ornamenten. Rot, Grün und Blau waren seine Farben, wenn Farben verlangt wurden. Sonst hielt er sich an Braun, weil das billig, und an Weiß, weil das unentbehrlich war. Rosen, Lilien und Tulipanen malte er auch, und inwendig auf die Deckel der Truhen strich er in großen, steilen Buchstaben und Ziffern den Namen des Eigentümers und die Jahreszahl, umgeben von Ranken und Blättern.

In dieser Arbeit fand der Alte den Trost für des Lebens Mißrechnungen und Sorgen, den die Kunst jedem, auch dem Einfältigsten, bringt, wenn er die Sache ernst nimmt. Darüber vergaß er auch seine große Sünde, daß er ein Weib verlassen hatte, mit dem er nicht getraut gewesen war, und daß er das getan hatte, weil er sich jung und stark und für alles Glück geschaffen deuchte. Hätte er es nicht getan, so hätte sich wohl die Gemeinde ins Mittel gelegt, und es wäre anders gekommen, wie es kam.

Und in der Hütte des Soldaten saß jetzt Karin und betrachtete alles, was der Alte konnte. Alles fand sie schön, und für alles, was der Alte machte, hatte sie ein Wort der Bewunderung, das viel zu aufrichtig war, als daß sogar der barsche Soldat es für etwas anderes als die lautere Wahrheit hätte nehmen können. Natürlich prahlte der Alte ab und zu mit seinen Großtaten, und Karin war klug genug, das zu verstehen. Dabei erzählte er vom Krieg, nannte die Namen der Helden und berichtete von der Not Finnlands im letzten Krieg. Mit großen Augen lauschte das junge Mädchen. Wunderlich und fremd klang das alles, so fremd, daß es ihr eigentlich nie so recht nahe kam. Am besten verstand sie den Alten, wenn er von sich selber erzählte, wie er sich verheiratete und das Kind kam, wie der Krieg ausbrach und er fortgerissen wurde, und wie er dann daheim die Hütte leer fand. Weib und Kind waren beide an einer ansteckenden Krankheit gestorben, die damals umging, beide waren schon begraben, aber so viele waren zu jener Zeit gestorben, daß niemand mehr wußte, wo ihr Grab war.

So erzählte der Alte seine Geschichte; denn er scheute sich, vor dem Mädchen sein großes Unrecht einzugestehen. Bitter genug war das Ganze auch so. Karin erbebte, wenn sie es hörte; ihr war, als starre alles, was das Leben an Schmerz und Verzweiflung barg, ihr aus den grauen Augen über dem borstigen Schnurrbart entgegen, der bei der Erinnerung zuckte und zitterte. Einen Bruder hatte der alte Svedin auch gehabt; ihm hatte er Weib und Kind anvertraut, als er abkommandiert wurde. Aber der Bruder hinterging ihn; aus Furcht vor der Ansteckung wagte er das kranke Weib in ihrer Not nicht aufzusuchen. Darum starb sie und mit ihr das Kind, und darum vermochte Svedin, als er heimkam, nicht einmal ihr Grab zu finden. Das vergab der Alte dem Bruder nie, hatte ihn nie auch nur wiedersehen mögen. Jetzt war der Bruder längst tot; aber obwohl man den Alten mit einem Fuhrwerk hatte abholen wollen, war er nicht an das Sterbebett des Bruders gefahren. Einsam saß er, wie zuvor, und schickte in die ganze Gegend und weit über die Gegend hinaus seine Malereien, die derb waren und ungekünstelt wie er selbst.

Aber wenn der Alte auf seinen Bruder zu sprechen kam, da nahm Karin die Geige von der Wand. Und der Alte tat ihr den Willen und spielte. Singen konnte er nicht, dazu war seine Stimme zu rauh und heiser, er konnte auch keine Lieder. Aber die alten Tänze und Märsche fielen ihm ein. Es fiel ihm wieder ein, wie sie auf den Bauernhochzeiten zum Essen und zum Tanz aufspielten. Auch den Schnittermarsch konnte er, der jetzt längst vergessen ist. Wenn Karin recht schön bat, spielte er ihr den vor, und wenn er selber recht gut aufgelegt war, kam auch noch das Lied vom Neck und zuletzt lange, wunderliche Tongänge, von denen niemand recht wußte, wer sie gemacht hatte, von denen aber der Alte behauptete, der Wald hätte sie ihn gelehrt.

Wenn der alte Svedin so spielte, konnte es geschehen, daß Karin sich so vergaß, daß, wenn sie endlich gehen mußte, schon die Dämmerung über dem Tale lag und die Sterne über den Tannenwäldern leuchteten. Leichten Fußes sprang sie dann zurück, ganz daheim in dieser großen Stille, die sie nie geschreckt hatte.

So verging die Zeit, bis Karin ganz unvermerkt achtzehn Jahre alt geworden war. Cäcilia war volle zwanzig. Magnus Brandt leitete sein Gut, las in seinen Büchern und versank dazwischen in Grübelei und Bitterkeit über das Geschick, das ihn an den unrechten Platz im Leben gestellt hatte.

Eines Nachts im Februar fuhr ein Schlitten auf dem Weg an der Torsbyer Kirche vorbei. Die Nacht war bitter kalt und still, und über dem Schnee, der weiß und tief über Ort und Kirche, über Feldern und Hecken und fern überm Walde lag, blinkte ein Heer von Sternen. Es war ein kleiner, niedriger Schlitten, von der Art, die man früher »Russen« nannte. Auf dem Kutschbrett, die Füße dicht unter dem Schwanz des Pferdes, saß ein zusammengekauerter Fuhrbauer. Die Pelzmütze hatte er bis zu den Augen heruntergezogen, die Hände staken in ungeheuren Fäustlingen, und unaufhörlich schlug er sich abwechselnd mit der linken und der rechten Hand an die Brust, um die steifgefrorenen Finger zu beleben und das Blut wieder in Umlauf zu setzen.

Das Pferd war klein und mager und stolperte nur widerwillig weiter, als fände es den Weg lang und beschwerlich. Über seinem Rücken stand der Dampf wie ein Hauch, und das Fell an den Lenden glänzte von Frost. Soweit der Bauer sehen konnte, schien nirgends ein Licht. Dunkel hob sich die Kirche hinter nackten, hohen Bäumen, undeutlich schimmerten um sie Kreuze und Grabsteine. Ringsum schlief der ganze Ort, von dem niederen Pastorat mit den hohen, spitzen Dächern, das in einer Masse von überschneiten Sträuchern, Hecken und Obstbäumen eingebettet lag, bis zu dem kleinen Bauernhäuschen am Rand der Äcker, das einem großen, schlafenden, im Schnee festgefrorenen Tiere glich. Überschneit, stumm, mit dunklen, öden Fenstern lagen die Höfe, an denen der Schlitten vorbeifuhr, gleich dunklen Linien liefen die tiefen, ausgetretenen Wege durch den Schnee. Die Pumpenschwengel zogen schiefe Querstriche über den Himmel, und kalt war es, so kalt, daß der Schnee unter den Hufen des Pferdes und den Schlittenkufen knirschte und krachte, so kalt, daß selbst die Sterne zu frieren schienen; sie zitterten und bebten am Firmament, und die Milchstraße zog einen zartweißen Riesengürtel von kleinen, funkelnden, unzähligen Lichtern über das dunkle Blau.

Zusammengekauert saß der Fuhrbauer auf seinem Sitz und blickte im Vorüberfahren auf die dunklen, leeren Fenster, als warte er darauf, irgendwo ein Licht aufblinken zu sehen. Es war noch weit bis zur nächsten Fuhrstation. Dann wandte er sich um und warf einen unruhigen Blick in den Schlitten hinter sich. Seine Augen, die an das Dunkel gewöhnt waren, sahen ein leichenblasses Gesicht, umgeben von feinem, schwarzem Pelzwerk, für das der Bauer keinen Namen hatte. Ob der Mann, der da lag, die Augen geschlossen hatte oder nicht, das konnte der Fuhrbauer nicht sehen.

»Schläft der Herr?« fragte er schließlich langsam und vorsichtig.

Da keine Antwort kam, kroch er wieder hinter seinem Pferde zusammen. Langsam, wie zuvor, ging der Schlitten weiter.

Sie kamen jetzt in den Tannenwald. Der Schnee lag festgefroren auf den Zweigen. Lang war der Weg durch den Wald, und lang ist die Winternacht. Die Morgendämmerung kommt spät, und wenn der Tag naht, wird die Kälte schärfer.

Der Fuhrbauer hielt das Pferd an, stieg vorsichtig aus dem Schlitten, und nachdem er den einen Fäustling abgezogen und die Hand, so gut es ging, in seinem Wams gewärmt hatte, legte er seine groben Finger auf die Wange des Herrn. Er merkte, daß sie brennend heiß war.

Im selben Augenblick schlug der Schläfer die Augen auf und murmelte etwas, was der Bauer nicht verstand. Ratlos blieb er neben dem Schlitten stehen und sah sich um, als warte er auf Hilfe.

Da sagte der Reisende leise, aber deutlich: »Ich habe Fieber.« Darauf fielen ihm die Augen wieder zu, und er stöhnte wie in großen Schmerzen.

Der Fuhrbauer Matts Ersson wußte nicht, was er tun sollte. Das Pferd war müde, und bis zur nächsten Fuhrstation war es noch weit. Er kannte den Reisenden auch nicht weiter als so viele andere, die er gefahren hatte, wenn gerade an ihm die Reihe war, diese schwere Pflicht gegen die Krone zu erfüllen. Im Dunkeln und mitten im Walde kam ihm plötzlich die Angst, der Schlafende könne sterben, und er müsse dann vielleicht in der Nacht mit einer Leiche fahren, vielleicht sogar – das schwebte ihm nur dunkel vor – würde man für das Geschehene Rechenschaft von ihm fordern. Rings um ihn her war alles still wie zuvor. Unter den Tannen war es schwarz, nur der Weg zog sich, dunkel ausgetreten zwischen den weißen Schneewehen, deutlich erkennbar vor ihm hin.

Matts Ersson wußte sich keinen Rat, weder wohin er fahren, noch was er überhaupt tun sollte. In der Gegend, in der er sich jetzt befand, kannte er niemand. Wie er endlich aus dem Walde kam, gewahrte er auf der anderen Seite des Sees den Hügel und darauf den dichten Baumklumpen, der die Hofgebäude von Skogaholm umgab. Wie der Ort hieß, wußte er nicht. Aber den Namen des Hüttenherrn hatte er schon gehört, und daß der ein mächtiger Mann war, das war in der ganzen Gegend bekannt. Ihm kam der Gedanke, daß der Hüttenherr den Reisenden vielleicht kennen könnte. Matts Ersson war nämlich der Meinung, vornehme Leute, die ja doch in der Minderzahl sind, müßten einander alle kennen und müßten zueinander halten, und da er eben auch an den Winterweg kam, der über das Eis gerade auf den Herrenhof zuführte, so lenkte er das Pferd den Abhang hinunter und schlug diesen neuen Weg ein. Wenn ich nur bis zum Herrenhof komme, dachte er – dort wird man schon weiter sehen.

Es ging gegen Morgen. Aber noch war es zu früh, als daß im Herrschaftsgebäude jemand auf sein konnte. Aber als der Schlitten des Fuhrbauern sich der Allee näherte, schlug sogleich der Kettenhund an, und gleich darauf sah Matts Ersson ein Licht, das von einer Laterne herrühren mußte und sich langsam durch das Dunkel gegen den Weg zu bewegte. Näher und näher kam das Licht. Es war auch wirklich eine Laterne, die der Stallknecht, der so früh aufgestanden war, um die Pferde zu füttern, in der Hand trug. Als die Laterne gerade vor ihm war, hielt Matts Ersson an. Zwischen den beiden Männern entspann sich ein langes, umständliches Gespräch. Die Worte kamen in Zwischenräumen, zäh und langgezogen, und erörterten die Frage, ob man den Hüttenherrn aus dem Schlafe wecken oder den Kranken vorläufig in die Gesindestube tragen sollte, bis es Tag würde. Dafür mochte aber doch keiner von ihnen die Verantwortung übernehmen. Denn mittlerweile konnte der Reisende sterben, und dann wurde von ihnen Rechenschaft verlangt. Endlich entschloß sich der Knecht, Sara zu wecken, die am längsten beim Hüttenherrn in Dienst war und unter dem Gesinde die unbestrittene Autorität genoß, die in alten Zeiten das Vertrauen des Hausherrn unfehlbar verlieh.

Während der Knecht um das Herrschaftshaus herumging, um Sara mit so wenig Geräusch als möglich wachzuklopfen, fuhr Matts Ersson auf den großen Hofplatz. Bis zur Steintreppe wagte er sich nicht, sondern er ließ sein Fuhrwerk am Inspektorflügel halten und stellte sich daneben auf, sehr befriedigt in der Hoffnung, endlich die drückende Verantwortung loszuwerden.

Auf der anderen Seite des Herrschaftshauses stand Sara halb angekleidet auf der Küchentreppe und hörte schlaftrunken auf den Bericht des Knechtes. Kaum hatte sie jedoch erfaßt, um was es sich handelte, als sie auch schon kräftig über die Dummheit der Leute schimpfte, die lieber einen Fremden dem Tode preisgäben, als daß sie einen Menschen zu wecken wagten. Damit schlug sie die Tür zu und nahm die Sache ohne Zweifel und Zaudern in die Hand.

Vom Hofe aus konnte der Fuhrbauer jetzt sehen, daß der Herrenhof zu erwachen begann. Erst wurde hinter einem Fenster auf der Hofseite Licht angezündet, dann erschien ein zweites Licht, das von Fenster zu Fenster glitt, einen Augenblick durch die halbrunde Scheibe über dem Tore schien und gleich darauf gedämpft durch die niedergelassenen Gardinen auf der anderen Seite leuchtete. Nicht lange dauerte es, so öffnete sich das große Haustor weit, ein scharfer Lichtschein fiel über den Hofplatz, und eine gebieterische Stimme rief in das Dunkel hinaus: »Fahr' vor, Bauer!«

Der Fuhrbauer zuckte auf und führte gehorsam den Schlitten vor, während er selbst im tiefen Schnee daneben herlief.

»Was ist das für eine Trödelei? Warum hast du mich nicht eher geweckt?« klang dieselbe gebieterische Stimme wieder.

Der Bauer strich seine Mütze vom Kopfe und stand barhaupt, furchtsam in der Kälte. Vor sich erblickte er Brandts aufgebrachtes Gesicht, und das erschreckte ihn so, daß er kein Wort herausbrachte.

»Setz' die Mütze auf,« befahl die Stimme. »Willst du dir etwa auch noch den Tod holen?«

Brandt trat jetzt an den Schlitten und schob seine Hand unter den Rock des Reisenden. »Er lebt noch,« fuhr er erbarmungslos fort. »Das ist mehr Glück als Verstand! Das muß ich schon sagen!« Dann wandte er sich an Sara: »Mach' drin bei mir in Ordnung. Reine Laken. Er muß sofort ins Bett. Und schicke Leute zum Helfen. Der Mann ist bewußtlos. Dann laß im grünen Gastzimmer heizen. Aber schnell!«

Sara verschwand, und Magnus Brandt blieb beim Schlitten zurück. »Erzähle jetzt,« sagte er kurz. »Ich beiße dich nicht.«

Gehorsam berichtete der Bauer das wenige, was er wußte. Es war nicht viel und bald gesagt.

»Was hast du zu fordern?« fragte der Hüttenherr.

Der Bauer nannte die Summe, und Brandt nickte. »Es wird dir in die Küche geschickt. Das Pferd kannst du in den Stall stellen. Aber denk' daran —wenn das da gut abläuft, so kannst du deinem Herrgott danken!« Damit wandte er sich ungeduldig um und rief ins Haus: »Kommt denn niemand in's Kuckucks Namen?«

Wenn etwas Unerwartetes geschieht, so scheint es manchmal fast, als ob die Menschen es sogar im Schlaf ahnten. Ohne daß jemand hätte erklären können, wie es zuging, kam jetzt der Inspektor vom Flügel her, zwei Knechte kamen aus der Gesindestube gerannt, und aus der Küche erschienen die Mädchen. In einem Nu drängte sich alles um den Schlitten, der klein und unansehnlich aussah, wie er da vor der großen Steinstaffel stand. Und binnen wenigen Minuten waren mehr als genug Leute da, die helfen konnten, den Kranken hineinzuschaffen.

Fräulein Cäcilie gehörte natürlich zu denen, die ordentlich geweckt worden waren. Sara hatte zu ihr hineingeguckt, als sie mit der Holztrage in der Hand an der Tür zum Fräuleinzimmer vorüberstürzte, um im grünen Gastzimmer zu heizen. Eilig, aber doch mit Sorgfalt kleidete Cäcilie sich an. Sie bewegte sich vorsichtig, um die Schwester nicht zu wecken. Aber von dem Geschehnis im Schlaf beunruhigt, wachte Karin doch auf, und als sie die Schwester wach und fast vollständig angekleidet sah, sprang sie aus dem Bette und fragte hastig, was es gäbe.

Cäcilie sagte ihr in wenigen Worten, was sie selbst wußte. Sie sah ernsthaft aus im Gedanken an den kranken Mann, der als ein Fremdling in ihr Haus kam, vielleicht um da zu sterben. Mit verschlafenen Augen hörte Karin zu, und ehe die Schwester noch geendet hatte, eilte sie an ihr vorüber und schlich sich auf nackten Füßen bis zur Treppe. Nur in ihr langes Nachthemd gehüllt, stand sie dort und beugte sich über das Geländer.

Drunten ist es fast dunkel. Plötzlich sieht sie eine Laterne und in ihrem Schein Männer, die etwas hereintragen. In dem unsicheren Licht der Laterne unterscheidet sie dann das Antlitz eines jungen Mannes; der Körper ist in Pelze gehüllt. Das Antlitz ist sehr blaß, die Stirn unter dem braunen Haar wohlgeformt, und der helle Schnurrbart hängt ungeordnet über einen Mund, der, gleich den Augen, geschlossen ist. All dies sieht Karin. Im Handumdrehen ist das Bild vorübergeglitten, die Tür schließt sich hinter dem Kranken, und das Ganze ist verschwunden wie eine Erscheinung. Immer noch steht Karin im Dunkeln. Sie hört Stimmen unter sich. Wieder kommt etwas Schweres und wird drunten an der Treppe abgestellt. Darauf wird etwas Großes, Weiches niedergelegt und etwas, das klirrt. Wieder blinkt drunten die Laterne auf, und Karin sieht einen Uniformmantel und einen Degen. Aber sie weiß nicht, was sie sieht. Sie sieht nur das scharfe Gesicht mit den geschlossenen Augen und der bleichen Stirn, und so steht sie im Dunkeln an der kalten Treppe, bis Cäcilias Stimme fragt: »Stehst du noch da?«

Karin fährt zusammen; ohne zu antworten, gleitet sie an der Schwester vorbei in ihr Zimmer und beginnt mit fieberhafter Hast sich anzukleiden. Aber als sie fertig ist, sitzt sie ganz still und horcht auf jeden Laut. Sie wagt nicht hinunterzugehen. Die Furcht vor dem Unbekannten hält sie gebunden.

Der junge Offizier liegt im Bett unter dem grünen Betthimmel. Im Zimmer, in dem er ruht, herrscht Dämmerung. Fräulein Cäcilie sitzt ernsthaft am Fenster und wartet geduldig darauf, daß der Kranke erwachen soll. Johann hat schon längst den schnellsten Renner vor den Schlitten gespannt und ist nach dem Doktor gefahren. Der Hüttenherr geht drunten in seinem Zimmer auf und ab und raucht nachdenklich seine Pfeife. Karin hat Rappo gelockt und ist ausgegangen – ihren Weg durch die Hecken in den Wald, wo der Bach zugefroren ist und der Schnee auf beiden Seiten des Pfades hoch liegt. Im ganzen Hause herrscht Schweigen; sogar in der Küche wird die Unterhaltung nur in Form von Geflüster geführt. Ein Kranker ist im Hause, ein Fremder, ein Reisender, der von weither kommt, ein Herr, der ihnen allen unbekannt ist. So etwas ist hier noch nie geschehen, nicht einmal die alte Jonsa, die im Waschhause wohnt, kann sich an so etwas erinnern.

Der Doktor kommt. Nachdem er den Kranken untersucht hat, findet drin beim Hüttenherrn ein längeres Gespräch statt. Was gesprochen wird, erfährt niemand. Der Doktor bleibt über Mittag, macht am Nachmittag noch einen Besuch im Krankenzimmer, schreibt zwei Rezepte, und um vier Uhr hält Johann wieder in Pelzrock und hoher schwarzer Pelzmütze mit dem Schlitten vor der großen Treppe. Der Doktor fährt fort, und am Abend kommt die alte Lovise vom Hüttenwerk drunten mit dem Schröpfglas. Wichtig und selbstbewußt, eifrig und dienstwillig verschwindet die kleine Alte in der grünen Gaststube. Mit großer Sicherheit, fest überzeugt vom Nutzen der Operation, führt sie ihre einfachen Handgriffe nach allen Regeln der Kunst aus. Aber ihr Gesicht wird noch runzeliger als sonst, während sie sich nachher über den Kranken beugt und ihm den Puls fühlt. Kopfschüttelnd und vor sich hinmurmelnd geht sie wieder.

Sara sitzt jetzt am Kopfende des Bettes. Sie ist vom Hüttenherrn zur Pflegerin des Fremden ausersehen. Sara ist mit der seligen gnädigen Frau ins Haus gekommen, in deren Familie sie gedient hat, und ist über fünfzig Jahre alt. Sie weiß von den alten Zeiten auf Erzhütte zu erzählen, wo ihr Pflegling aufgewachsen ist. Was einst zu ihrem eigenen Leben gehört hat, hat sie fast alles vergessen. So ganz ist sie mit der Brandtschen Familie und mit Skogaholm zusammengewachsen. Darüber hinaus weiß sie nichts, liebt sie nichts, begehrt sie nichts. Aber alles, was auf Erzhütte sich ereignet hat, wo sie früher war, und auf Skogaholm, wo sie später hinkam, weiß sie. Aber sie hat auch schweigen gelernt. Zu all dem, was einst geschehen ist, kommt jetzt etwas Neues, etwas, was sich dereinst auch zu den Erinnerungen gesellen wird, die sie so treulich wahrt. Der Hüttenherr hat gesagt, daß sie den Kranken pflegen soll. Denn Sara versteht sich darauf. Als die gnädige Frau krank war, hat Sara sie gepflegt, und als sie starb, saß Sara an ihrem Bett. Und während sie am Bett des blassen Fremdlings sitzt, denkt Sara an jene Zeit, und es kommt über sie wie eine Ahnung, daß sich hier etwas ereignen wird, was nicht zum besten ist.

Wie sie das denkt, öffnet sich lautlos die Tür und Karin schleicht herein. Karin ist Saras Liebling, wie der so mancher anderen, und gewöhnt, alles zu tun, was sie will. »Still!« flüstert das junge Mädchen und gleitet leise bis an das Bett.

»Was willst du?« flüstert die Alte.

»Ich will bloß sehen, ob er lebt,« flüstert Karin zurück. Reglos steht sie vor dem Bett. Sie sieht im Schatten der Vorhänge nichts als eine Männerhand und ein Gesicht, das im Fieber glüht, und hört ein hastiges Atmen. Alles sieht sie und hört sie. Dann flüstert sie hastig und kurz: »Glaubst du, daß er stirbt, Sara?«

»Das kann niemand wissen als Gott,« antwortet ebenso leise die Alte.

»Sag' nicht, daß ich hier gewesen bin,« flüstert Karin wieder. Und lautlos, wie sie gekommen war, verschwindet sie durch die Tür. Der Alten bleibt nicht einmal so viel Zeit, sich über ihr Kommen zu verwundern. Denn während die Tür sich schließt, schlägt der Kranke die Augen auf. »Ist jemand dagewesen?« fragt er.

»Niemand,« versichert Sara. »Niemand außer mir.«

Der Kranke schließt die Augen wieder und fängt an, hastige, zusammenhanglose Worte zu reden. Er redet von jemand, der ihm ein Leid antun will und ihn verfolgt, von einem großen schwarzen Vogel, den er sieht, von einem wilden Tumult, in dem sein Leben bedroht ist, er ruft nach seinem Degen, flüstert unverständliche Worte und klagt, daß er gebunden liegt und nicht aufstehen kann. Ruhig hört Sara ihm zu, ruhig erneuert sie die kalten Umschläge auf seiner Stirn. Sie ist an Kranke gewöhnt; die Worte eines Fiebernden schrecken sie nicht.

Aber die ganze Zeit über denkt sie an Karin, die da gekommen und gegangen ist, Karin, die so scheu ist vor Fremden; und ihre Lippen schließen sich fest über dem Neuen, das keiner außer ihr zu wissen braucht.

Der Tag ist lang gewesen, weil er so früh begonnen und so viel sich ereignet hat. Jetzt neigt er sich zu Ende. Magnus Brandt sitzt im Wohnzimmer und legt Patience. In der Eßstube ist Cäcilie am Teetisch beschäftigt. Karin sitzt neben dem Vater und ihre Augen verfolgen die Karten in der »Maskerade«, bei der es drauf ankommt, daß alle Bilder zu oberst liegen. Die ganze Zeit über denkt sie an das eine, was sie heute beschäftigt hat; schließlich fragt sie: »Wie heißt er?«

Im selben Augenblick wird sie ganz rot, und das Herz steht ihr fast still in der Brust, daß sie sich *das* getraut hat. Der Vater schiebt die Unterlippe vor. Er ist gerade mitten in seiner Patience und hat für nichts sonst Gedanken.

»Sigfrid Björnram,« antwortet er mechanisch, »Fähnrich bei den Smaland-Husaren, und auf dem Wege ins Ausland.«

Karin schweigt wieder. Vor ihren Augen verschwimmen die Farben der Karten und verfließen zu einer großen, fleckigen, unruhigen Fläche. Zuletzt sagt sie: »Bleibt er lang?«

Und im gleichen abwesenden Ton erwidert der Vater: »Bis er gesund ist. Und das kann lang dauern. Gut, daß er noch zur rechten Zeit zu uns gekommen ist.«

Damit schiebt er die Karten ärgerlich zusammen. Die Patience ist nicht aufgegangen. Er muß noch einmal anfangen.

Karin aber hat die Wange in die Hand gestützt. Sie denkt nur an zwei Dinge: daß er noch lang bleiben wird und was für ein seltsam volltönender, schöner Name Sigfrid ist. So neu und seltsam.

Die Krankheit des jungen Offiziers dauerte lange. Er schwebte zwischen Leben und Tod, und mehr als einmal sah es aus, als sollte es weder der Geschicklichkeit des alten Doktors, dem Schröpfglas der alten Lovise, noch der sorgsamen Pflege Saras gelingen, ihn wieder ins Leben zurückzurufen. Wohl schien es zuzeiten, als wolle die Jugend des Kranken die Krankheit alles Ernstes überwinden; aber nach ein paar Tagen kam das Fieber aufs neue und stets mit derselben Heftigkeit zurück. Jedesmal, wenn diese Krisen wiederkehrten, ward es auf Skogaholm ungewöhnlich still, und die Nachrichten aus dem Krankenzimmer wurden erwartet und entgegengenommen, als handle es sich um ein eigenes Familienmitglied.

So vergingen zwei unruhige Wochen. Die Bewohner des Herrenhofes nahmen ihre regelmäßigen Arbeits- und Ruhegewohnheiten wieder auf. Wer nach Skogaholm kam, wurde immer so angesehen, als gehöre er auf die eine oder andere Weise dorthin. So verlangte es alte Sitte und Ordnung, und diese Sitte war so tief eingewurzelt, daß nichts, was sie mit sich brachte, als Druck oder Zwang empfunden ward. Wenn ein Fremder zu Besuch kam, war das immer eine Quelle der Freude. Mochte er lang oder kurz bleiben, davon sprach niemand; und so stark war das Gefühl der Pflicht dem gegenüber, der im Hause Schutz gesucht und gefunden hatte, daß weder Arbeit noch Mühe oder Kosten bei solcher Gelegenheit jemals erwähnt oder gerechnet wurden. Ruhig, als wär' er daheim, sollte der Gast leben; niemand durfte ihn über seine Angelegenheiten ausfragen, niemand argwöhnte etwas Böses oder Erniedrigendes, ehe ein Anlaß dazu vorhanden war. Das forderte die Ehre. Skogaholm lag tief in den großen Wäldern; man wußte dort nichts von der Weltklugheit, die über eine solche Anschauungsweise lächelt. Und vom Herrn ging diese Denkweise über auf das Gesinde. Darum fuhr der Kutscher nach dem Arzt, bereitete die Köchin Krankenkost, holte der Knecht Eis, wachte Sara Nacht für Nacht —alle in dem gemeinschaftlichen Gefühl, daß sie eine Pflicht erfüllten, die zu des Hauses Ehre und Ordnung gehörte.

So oft der Kranke fieberfrei war, besuchte ihn Magnus Brandt; nicht aus Neugier oder um ihn mit Fragen zu quälen, sondern weil er es den Kranken fühlen lassen wollte, daß er als ein geehrter Gast behandelt wurde. Ruhig und heiter saß er am Krankenbett, als wäre er der Wirt bei einem Fest. Viele Worte wurden anfangs nicht gewechselt zwischen dem Fähnrich und seinem Wirt. Dazu war der Zustand des Patienten zu bedenklich. Aber auch als sein Befinden sich besserte und das Fieber wich, war der junge Offizier karg in allen seinen Mitteilungen, die ihn selbst berührten. Man konnte es als eine Abneigung deuten, die ein feiner Mensch davor empfindet, Fremde an seinen Privatangelegenheiten teilnehmen zu lassen. Es konnte aber manchmal auch aussehen, als hätte er ein Geheimnis, das er aus dem einen oder anderen Grund nicht preisgeben wollte. Magnus Brandt ließ beide Gründe gelten. Und wenn der Fremde im Fieber etwas verriet, so begrub Sara dies wie so viele andere wohlgehütete Geheimnisse hinter ihren festgeschlossenen Lippen.

Magnus Brandt hatte zudem in dieser Zeit gar vieles, was ihn beschäftigte und ihm zu denken gab, und er konnte sich seinem jungen Gast nicht in der Weise widmen, wie er es wünschte und wie seine Pflicht als Wirt es verlangte. Wenn er in dem grünen Lehnstuhl von Birkenholz gegenüber dem Bett saß, so beklagte er das mehr als einmal in den zierlichen Wendungen jener alten Tage.

»Die Geschäfte,« sagte er, »nehmen gerade in diesem Winter meine Zeit mehr, als ich wünschen möchte, in Anspruch.«

Die Augen blickten dann scharf gradaus, als bemühe er sich, so unbefangen und heiter wie möglich auszusehen. Und wenn er das gesagt hat, beugt er sich zu dem Angeredeten hinüber und hat nichts weiter hinzuzufügen.

Der Kranke streckt die Hand aus und drückt die des Hüttenherrn. Es war eine weiße, abgezehrte Hand, an deren Zeigefinger ein Siegelring mit einem grünen Stein saß, in den ein Adelswappen geschnitten war. Die Hand sah aus, als wäre sie einst recht kraftvoll gewesen. Jetzt aber war ihr Druck schwach und lahm, und sie fiel mit einer unfreiwilligen, müden Bewegung auf die Decke zurück, die den Hüttenherrn jedesmal veranlaßte, seinen Besuch so rasch wie möglich abzubrechen und den Gast der Ruhe und Saras Pflege zu überlassen.

Er war es ganz zufrieden, wenn er sich unverzüglich wieder in die Einsamkeit zurückziehen konnte, die ihm in den letzten Jahren mehr und mehr nicht nur zur Gewohnheit, sondern auch zum unabweisbaren Bedürfnis geworden war. Hatte er dann die Tür seines Zimmers fest hinter sich geschlossen, so setzte er sich meist in den großen Lehnstuhl vor seinem Schreibtisch, legte die Geschäftsbücher aufgeschlagen vor sich hin, ließ den Finger über die Zahlenreihen gleiten und rechnete halblaut. Bis tief in die Nächte konnte er so sitzen; wenn er fertig war, legte er die Bücher sorgfältig wieder zusammen und ging lange auf dem abgenutzten Läufer hin und her, in tiefem Grübeln über das Rätsel, das ihn Tag für Tag mehr beschäftigte: warum in seiner Buchführung die Debetseite ständig stieg, während die Kreditseite mit jedem Jahre tiefer sank. Was er an Wald, Wasser, Materialien, Höfen und Grundstücken besaß, wußte er eigentlich gar nicht, hatte es nie ausgerechnet, nie darüber nachgegrübelt. Als Edelmann, der er von Geburt und seiner ganzen Veranlagung nach war, verachtete er das Geld. Seine Bildung, auf die er stolz war, hatte dies Gefühl noch verstärkt, wie sie zugleich auch seinen Widerwillen davor vermehrt hatte, sich mit Dingen zu beschäftigen, die er selber für trivial hielt. Das Gut mit Eisenwerk und Grundstücken war für Magnus Brandt nichts weiter als eine Maschinerie, die er hatte arbeiten lassen, weil die Pflicht ihm das nun einmal befahl. Aber Sinn hatte er eigentlich nie dafür gehabt. Wenn er in seiner Jugend mit der Büchse durch den Wald gegangen war und dem Balzen der Auerhähne gelauscht hatte, während die Sonne über dem Waldrand emporstieg, oder wenn er auf dem Anstand gestanden und auf das laute Gebell der Hunde gehorcht hatte, während er jeden Augenblick darauf wartete, den Hasen vorbeischießen zu sehen, so waren dies eigentlich die einzigen Gelegenheiten gewesen, bei denen Magnus Brandt sich darüber gefreut hatte, daß er als Gutsbesitzer geboren war. Da war der Wald sein, und er selber fühlte sich als König, der über sein Reich herrscht. Jetzt hing das alte Gewehr seit vielen Jahren über den Fuchsfellen auf der Kanzlei und das Jagdhorn daneben. Keine hellen Signale waren in all den Jahren mehr aus dem blanken Metall gekommen.

Auch wenn Magnus Brandt durch den Hammer und über die Äcker wanderte und sah, wie die Arbeit ihren gewohnten Gang ging, oder wenn seine Leute zu ihm kamen, über ihre kleinen und großen Kümmernisse zu klagen, empfand er die Freude und das Glück, herrschen, leiten und helfen zu können. Dann war er auf seinem Platz. Da war er der Mann dazu wie kein zweiter. Aber wenn er vor seinen Büchern saß und über Zahlen herrschen sollte, da begann Magnus Brandt mit jedem Jahr deutlicher zu merken, daß ihn hier seine Fähigkeiten im Stich ließen. Nie würde er Herr über die Zahlen werden – nie war er das gewesen. Vor ihnen ward er klein und armselig, wie der Mensch es wird vor dem, was er nicht versteht. Es war auch so viel des Neuen dazugekommen: Banken, Diskonto, Hypotheken, laufende Wechsel. Mit dem Kredit war es nicht mehr wie in den alten Tagen, wo ein ehrlicher Name und ein redlicher Wille genügten. Jetzt gab es nur noch Darlehen gegen Sicherheit, Bürgschaft und Pfandverschreibung. Und wenn auch alles aussah, als wär' es in der schönsten Ordnung – es half ja doch nichts. Auf der Bank saß ein kluger Mann, der sich aufs Rechnen verstand, ein Mann, der ein Papier so lange hin und her drehte und wandte, bis er es glücklich kassiert hatte, ohne daß man wußte, wieso und weshalb. Die Bankleute fürchtete Magnus Brandt; er grollte ihnen auch. Wo er sich hinwandte, standen sie im Wege und waren ihm hinderlich. Wo er sich hinwandte, wurden die Forderungen größer und größer, während die Möglichkeit, sich bar Geld zu verschaffen, immer geringer ward.

Von all dem hatte Magnus Brandt nichts bemerkt, als seine Frau noch lebte. Als ob ihre kleine weiche Hand ihn gestützt hätte. Und weil ihm die Schwierigkeiten damals immer gering erschienen, hatte er sie auch ohne weiteres überwunden. Als sie starb, da war es, als ob mehr als nur das Glück aus seinem Leben entschwunden wäre. Auch die Kraft, im Lebenskampf zu gewinnen, verließ ihn und ward mit ihr begraben. Und zehn Jahre lang hatte er jetzt gesehen, wie die Schwierigkeiten sich häuften, immer näher kamen, drohten, ihn zu Boden zu drücken, ihn hilflos und vereinsamt mit einem entehrten Namen liegen zu lassen.

Während Magnus Brandt nach Mitteln suchte, die ihm helfen sollten, das Schlimmste zu überstehen, dachte er vor allem an seine Töchter und wie er vor ihnen Rechenschaft ablegen sollte. Aber in letzter Zeit war es so weit gekommen, daß er nicht mehr an sie und nicht mehr an sich selber dachte. Jetzt dachte er nur noch an die Leute, an seine Leute, von denen er jeden einzelnen persönlich kannte, Männer und Weiber, diese Hunderte von Menschen, die ihr Brot bei ihm fanden und deren Leben und Wohlfahrt von ihm, von seiner Tüchtigkeit als Mann und Herr abhing. Das Gefühl dieser Verantwortung drückte Magnus Brandt und machte ihn der Gefahr gegenüber unschlüssig und furchtsam. Ihm war, als sähe er sie eines Tages kommen, alle diese Menschen, eines Tages, wenn im Magazin die Frucht und auf der Kanzlei das Geld ausgegangen war. Am Löhnungstag kamen sie, und mit leeren Säcken und Händen gingen sie, ein langer, trauriger Zug von Menschen, deren Not auf sein Gewissen zurückfallen würde. Magnus Brandt erinnerte sich noch gut jenes harten Notjahres, da in das Brot der Herrschaft Hafer gebacken wurde und in das der Armen Baumrinde. Er wußte noch, wie er damals vor seinen Leuten stand und redete, gedemütigt, voll Verzweiflung wie nie zuvor. Sie hatten nichts geantwortet. Stumm, wie sie gekommen, waren sie wieder gegangen, hatten sich im Hüttenwerk und auf den Feldern verstreut. Und in all die kleinen Heimwesen rundum hatten sie das Entsetzen getragen, das Entsetzen vor Hunger und Not, das Entsetzen vor dem Kinderweinen, das am schwersten zu tragen ist. Aber alle hatten sie trotzdem gearbeitet, hatten sich gebeugt und hatten gearbeitet. Keiner hatte versagt. Brandt wußte, sie würden es wieder so machen. Er wußte, zu diesen Menschen konnte er kommen und sagen: Ich kann nicht mehr. Die guten Zeiten sind vorüber. Er wußte, sie würden aushalten so lang als möglich. Denn er war ihnen ein guter Herr gewesen, und keiner würde ihm ein zorniges Gesicht zeigen oder ein hartes Wort erwidern.

Aber ein solches Opfer wollte Magnus Brandt nicht annehmen. Er wollte nicht noch einmal das Entsetzen über die ganze Gegend ausziehen und das Gerücht vom Hungern in die kleinen Heimstätten tragen sehen. Er wollte es nicht; er konnte nicht den Männern und Weibern in die Augen sehen und das verlangen. Als das Jahr der Not kam, da war das anders. Da beugten sich Herr und Diener unter der Hand Gottes. Aber das Notjahr, das jetzt drohte, das hatte der Hüttenherr selbst verschuldet und hatte es lange genug kommen sehen.

Er wußte auch, noch konnte er das Unglück fernhalten, ein halbes Jahr noch oder ein ganzes. Länger ging es nicht. Länger ließ sich der künstliche Wohlstand nicht aufrechterhalten. So viel hatte Magnus Brandt doch aus den Zahlen begriffen, wenn er auch ihre düstere Sprache nicht ganz zu deuten vermochte. Und wenn er sie immer und immer wieder durchsah, war es nur, um sich selber vorzulügen, er hätte falsch gerechnet.

Da fuhr Magnus Brandt eines Tages fort. Das Haus ließ er unter Cäcilias Obhut, den Kranken unter Saras. Nach Erzhütte fuhr er, das acht Meilen entfernt lag. Dort lebte die alte Schwiegermutter. Seit dem Tode seiner Frau hatte Magnus Brandt sie nur ein einziges Mal besucht, und zwar nach Cäcilias Konfirmation. Die Reise war damals unternommen worden, damit die Großmutter die Enkelin doch einmal sehen sollte.

Als Magnus Brandt jetzt auf dem Hofe der alten Frau vorfuhr, kam er sich fast vor wie ein Junge, der sich zum Eingeständnis seiner Streiche genötigt sieht –einzig und allein in der Hoffnung, dadurch den unangenehmen Folgen zu entschlüpfen. Die Schwiegermutter war jetzt achtundsiebzig Jahre alt. Äußerlich war das Verhältnis zwischen ihr und dem Schwiegersohn zwar ein gutes gewesen; aber ein freundschaftliches Gefühl bestand nicht zwischen den beiden. Das kam daher, daß, als Magnus Brandt seinerzeit die Liebe seiner Frau gewann, die Mutter ihre Hand schon einem anderen zugesagt hatte. Aber Magnus Brandt, der damals ein verliebter und lebensvoller Mann war, hatte seine Karten so gut gespielt, daß der Nebenbuhler sich gekränkt zurückzog und die Gnädige auf Erzhütte gezwungen war, ihre Tochter dem neuen Freier zu geben, um einen offenen Skandal zu verhüten. Das hatte die Schwiegermutter dem Tochtermann nie vergeben können; die alte Gnädige auf Erzhütte war eine Dame, die gewohnt war, zu herrschen, und nicht gewohnt, den kürzeren zu ziehen. Sie war mit zweiundzwanzig Jahren Witwe eines Mannes geworden, der doppelt so alt gewesen war wie sie selber, saß mit fünf Kindern allein auf ihrem großen Besitz, und jedermann glaubte, die junge Frau würde sobald als möglich sich selber einen Gatten, den Kindern einen Vater und dem Gut einen neuen Herrn verschaffen. Das Trauerjahr lief jedoch ab, ohne daß selbst der Klatsch das geringste zu erzählen wußte, das die allgemeine Hoffnung hätte bekräftigen können. Die junge Witwe begann statt dessen, sich der Leitung des Gutes und der Erziehung ihrer Söhne anzunehmen. Drei Söhne hatte sie und zwei Töchter; und es ist für eine alleinstehende Frau nicht leicht, Männer zu erziehen. Aber die junge Witwe machte sich entschlossen ans Werk, und was sie wollte, das führte sie auch durch. Nach Ablauf von fünf Jahren war niemand mehr kühn genug, auch nur im Traum an einen Heiratsantrag zu denken. Wie ein Mann besorgte sie die Gutsgeschäfte, führte die Bücher, überwachte die Erziehung der Kinder, wies ihnen ihre Lebensziele, zwang sie in Bahnen, in die sie ihrer Ansicht nach paßten, und war im Alter von fünfzig Jahren das Orakel der ganzen Familie. Sehr streng war sie, und ihre sehnige, arbeitstüchtige Hand war kräftig wie die weniger Männer. Ihr Körper war stark und unermüdlich und ihr Wille stets wach und energisch. Erst als sie volle siebzig Jahre alt war, gab sie die Herrschaft über das Besitztum aus den Händen und machte ihren ältesten Sohn, der damals schon bei Jahren war, zum Herrn auf Erzhütte. Jetzt saß sie in Ruhe als die alte Gnädige auf dem Hofe, dessen Wohlstand sie gemehrt hatte, und noch jetzt geschah es, daß ihre gebieterische Stimme sagte: »So soll es sein und nicht anders!« Eine so ausgesprochene Meinung war und blieb die höchste Instanz, und der Herr des Hauses war vor der alten Gnädigen das, was er stets gewesen –der gehorsame Sohn, der sich dem Willen beugte, der stärker war als sein eigener. Vor dieser alten Frau, die seine Schwiegermutter war und doch ihn nicht zum Schwiegersohn gewollt hatte, sollte Magnus Brandt jetzt seine Kümmernisse bekennen; und während des lang ausgedehnten Mittagessens an dem langen Tisch, an dem drei Generationen auf altgewohnten Plätzen saßen, während der Inspektor, der Buchhalter, die Gouvernante und der Hauslehrer ihre Plätze zu unterst hatten, an dem ihm selbst der Ehrenplatz zwischen der Gnädigen und dem ältesten Sohn, dem schon ergrauenden Herrn von Erzhütte, angewiesen worden war –da empfand Magnus Brandt deutlich genug, daß das, was er im Sinn hatte, ein Wagnis war, das wohl schwerlich mit einem Erfolg enden würde. Und als er am Nachmittag allein mit der gestrengen Frau in dem großen Salon saß, wo ein gewaltiges Birkenholzfeuer in dem offenen Kamin flammte, da schien es ihm, als ruhten die klugen Augen der Schwiegermutter mit einem Ausdruck auf ihm, wie wenn sie alles ahnte, noch ehe er selber ein Wort sagen konnte.

Indessen gab er, kalt und kurz, wie er wußte, daß die Alte es haben wollte, seine Darstellung der Sachlage. Als er fertig war, knüpfte die Gnädige die Bindebänder ihrer Haube, die sie nach dem Essen genierten, auf, warf sie auf den Rücken und äußerte langsam und scharf: »Du willst also, daß ich dir aus der Klemme helfen soll, in die du dich verfahren hast. Behüte, mein lieber Magnus! Das täte keiner, der seinen Verstand beieinander hat!« Damit setzte sich die Alte im Lehnstuhl zurecht und fuhr fort: »Ich bin keine von denen, die noch Salz in die offene Wunde streuen mögen. Wärst du vor zehn Jahren zu mir gekommen oder auch nur vor fünf, da war' es vielleicht gar nicht so unmöglich gewesen, daß ich dir ein bißchen auf den Trab geholfen hätte. Aber wenn das halbe Haus schon brennt, ist es zu spät zum Löschen. Es lohnt nicht, der Katze einen Fußtritt zu geben, wenn die Wurst gefressen ist. Aber ich hab' es schon so lange gewußt, wie es gehen würde, daß ich dir doch wenigstens einmal sagen muß, wo der Schuh eigentlich drückt. Du selber weißt es nicht, und du glaubst vermutlich, ich wüßte nichts von dem, was auf Skogaholm vorgeht, weil ich glücklicherweise so weit weg sitze. Alles weiß ich ja auch nicht; aber wenn ich mir so die Einzelheiten zusammenlege, so wird mir das ganze Fuhrwerk schon klar. Ein guter Kerl bist du ja, Magnus Brandt, das hab' ich immer gewußt und begriffen; aber ein Waschlappen bist du daneben auch. Hast dich in lauter Trauer und Spintisieren vergraben, und so oft ich dich gesehen habe, seit deine selige Frau, meine Tochter, tot ist, ist mir rein übel geworden. Einen Mann soll die Trauer aus einem Kerl machen! Tut sie das nicht –ei, so helf' uns unser Herrgott! Hätt' sie das getan, so hättest du dir wieder eine Frau ins Haus geschafft und den Mädchen eine Mutter. Dann hättest du nicht herumlaufen und Trübsal blasen und spintisieren brauchen, und wenn's so gegangen wär', so säßest du jetzt nicht hier und wüßtest nicht aus und ein.«

Dies hieß an Magnus Brandts schwächsten Punkt rühren. Er flammte auf und antwortete: »Das kann die Meinung der gnädigen Schwiegermama im Ernst nicht sein.«

Weiter kam er nicht. Denn die alte Gnädige unterbrach ihn: »Wieso? Das kann nicht meine Meinung sein, was ich da sage? Glaubst du, ich red' ins Blaue hinein? Antwort' Er mir jetzt wie ein Mann und sitz Er nicht da und zittre wie ein altes Weib!«

Magnus Brandt biß die Zähne zusammen, um sich nicht zu vergaloppieren. Dann fuhr er fest und bestimmt fort: »Ich habe geglaubt, eine, die selber allein und mit Ehren ihre Kinder erzogen und ihren Hof verwaltet hat, müßte verstehen, daß auch ein Mann mit seinen Erinnerungen allein sein will.«

Die Gnädige auf Erzhütte ward nicht böse. Sie sah im Gegenteil den Sprechenden an, als hätte sie Lust, zu lachen, hielte aber aus Gunst und Gnaden diese Lust zurück. Ihr Gesicht hatte jetzt einen heiteren und zugleich gutmütigen Ausdruck, und sie sah geradezu vergnügt aus, als sie sich jetzt vorbeugte, daß der Feuerschein über ihr kräftiges Kinn fiel und die gebogene Nase beinahe rot färbte. »So, also das meint Er!« sagte sie mit einem gewissen scharfen Humor, der ihr eigen war. »Da will ich Ihm doch etwas sagen. Wenn Er meint, daß ich hier all die Zeit von meinen Erinnerungen gelebt habe, da hat Er sich getäuscht. Da hätt' es anders ausgesehen hier. Ja, ja! Erinnerungen hab' ich genug und von mancherlei Art. Auch Liebeserinnerungen, wenn du's wissen willst. Das ist meine Sache, und ich bin alt genug, daß ich mich nicht zu schämen brauch' deswegen. Aber, es war ein Glück, daß mein Mann starb. Ja, sieh mich nur an, du! Ich weiß, was ich sage. Damals hab' ich es nicht verstanden. Denn da war die Liebe mit im Spiel, und Liebe macht blind. Aber wär' unser Herrgott nicht so gnädig gewesen und hätt' ihn zur rechten Zeit vom Schlag rühren lassen, so hätt' er sich später zu Tode gesoffen, und der Teufel hätte ihn geholt. Er war auf dem besten Wege dazu. Das kann ich dir sagen, mein lieber Tochtermann, hier – *entre nous*. Jawohl! So war das mit der Sache!«

Die Gnädige zog ein riesiges leinenes Taschentuch heraus, wickelte es langsam auseinander und schneuzte sich, daß es trompetete. Darauf fuhr sie ruhig und besonnen fort: »Ein Vergleich zwischen dir und mir, mein lieber Magnus, davon kann gar keine Rede sein. Entschuldige, daß ich es gradheraus sage. Ich weiß wohl – wir Menschen sind schwach und erbärmlich und ohne Gottes Hilfe gerät uns nichts. Aber daß wir wenigstens ein bißchen auch selber dazutun, das dürfen wir denn doch sagen. Und wenn du nicht weißt, was ich getan habe, so gehe hinaus und sieh dich um und frage, wieviel von dem, was du hier siehst, schon vor meiner Zeit da war. Im ersten Jahre betete ich und trauerte. Und die ganze Welt sah schwarz aus für mich. Aber das befriedigte mich nicht lange, verstehst du. So fing ich an zu arbeiten, und als ich mir das beigebracht hatte, da kam auch Ordnung in die Gedanken. Da begriff ich, daß ich zur Liebe keine Zeit mehr hatte. Ich hatte auch so ganz genug zu tun. Was sollte ich mit einem neuen Mann? Einen hatt' ich gehabt. Die Mühe, die er mir gemacht hatte, war mehr als ausreichend, und das Vergnügen – wir sind ja alte Menschen und können ruhig davon reden – das war meiner Seel' auch nicht so groß, daß man's nicht hätte entbehren können. Ich brauchte keinen neuen Mann, mein lieber Tochtermann. Und darum nahm ich mir auch keinen. Aber du brauchtest eine zweite Frau. Und darum hättest du dir eine anschaffen sollen. Darin liegt der Unterschied zwischen uns zwei, und der ist ganz verflixt groß, das muß ich schon selber sagen.«

Magnus Brandt saß ganz still und blickte ins Feuer. Er kannte die Art der Alten und wußte, hier war keine Hilfe zu holen. Darum sagte er, mehr als Fortsetzung seiner eigenen Gedanken, als weil er auf eine Antwort wartete, die ihm hätte helfen können: »Ich denke nicht an mich selber, sondern an meine Untergebenen, an die Leute, die von mir abhängen.«

Die Gnädige nickte, als billige sie diesen Gesichtspunkt, und sagte: »Das ist recht, mein lieber Tochtermann, und das ehrt Ihn. Er ist ja auch ein Ehrenmann, das hab' ich immer gesagt. Aber Geld kriegst du hier nicht, Magnus Brandt. Da hättest du eher kommen müssen. Und was ich einmal gesagt habe, dabei bleibt's. Kann ich dir auf irgend eine andere Weise helfen, so werd' ich nicht vergessen, daß ich die Großmutter deiner Töchter bin. Aber einen guten Rat will ich dir mitgeben, an den kannst du denken, wenn du allein bist. Beiß' in den sauren Apfel, je eher, je besser, und verpachte den Hammer und das Gut für eine anständige Summe an einen Mann, der etwas von der Sache versteht. Dann hast du, solange du lebst, das Deine, die Leute kommen zum Ihrigen, und die ganze Geschichte kommt wieder auf die Beine. Auf Elfshammar –daheim bei dir –sitzt Fabian Skotte. Das ist ein tüchtiger Mann. Der kann, wenn er will. Mit dem sprich! Das ist mein Rat, und du brauchst dich nicht zu bedanken, wenn du ihn befolgst und Nutzen davon hast.«

So endete Magnus Brandts Besuch auf Erzhütte. Während er den langen Weg heimwärts fuhr, hatte er Zeit, alles zu überdenken –das magere Resultat der mühseligen Reise und seine eigene Lage. Zuerst war er böse. Denn die bittere Wahrheit, die er gehört hatte, fraß tief an ihm und reizte zum Widerspruch. Er fühlte sogar –in dem, was seine Witwerschaft und das Leben auf dem Hofe nach dem Tode seiner Frau berührte, steckte vielleicht eine Wahrheit, die noch später einmal an ihm fressen würde. Aber er schob den Gedanken von sich. Er hatte noch nicht Zeit, an sich selber und seine inneren Angelegenheiten zu denken. Dazu preßte die Wirklichkeit ihn zu hart. An seine Leute dachte er, an die zweihundert Menschen, an seine eigene Angst, daß er ihnen einmal würde entgegentreten und sagen müssen, daß alles aus sei, daß etwas Schlimmeres vor der Tür stehe als sogar das Hungerjahr.

Stumm saß Magnus Brandt in seinem Schlitten. Einsilbig antwortete er auf die paar Worte, die der Kutscher an ihn richtete. Er fuhr durch den Wald, an Ortschaften vorüber –durch offenes Feld. In ihm wühlte der furchtbare Kampf eines müden Mannes, der weiß, daß er sich noch nicht alt fühlen darf.

Über Nacht ruhte Magnus Brandt sich in einer schlechten Herberge aus. Er schlief wenig, lag wach und fühlte, wie die Stunden vergingen.

Als er am frühen Morgen in den Schlitten stieg, sagte er: »Fahr' nach Elfshammar!«

Ohne weitere Frage gehorchte der Kutscher dem Befehl, und um die Mittagszeit schwenkte der Schlitten auf den Hof von Elfshammar ein.

Magnus Brandt blieb bis zum Abend des folgenden Tages. Meist saßen die beiden Hüttenbesitzer in Fabian Skottes Zimmer. Und als Brandt fortfuhr, war ihm leichter zumute.

Von dem Tag an fuhr er oft nach Elfshammar, und auch Fabian Skottes eleganter Zweispänner bog mehr als einmal in den Hof von Skogaholm ein –stets mit dem Schlittennetz geschmückt, die schwarzen Vollbluttraber mit neuem, glänzendem Geschirr ausgestattet, von dessen Joch volltönende Schellen klingelten, als sollten sie eine neue Zeit einläuten.

Als der Fähnrich Sigfrid Björnram zum erstenmal nach der kühlen Reise in der Winternacht mit vollem Bewußtsein die Augen wieder aufschlug, sah er zunächst ringsum einen grünen Bettvorhang, durch den die Märzsonne gedämpft hereinschien. Durch eine Öffnung im Vorhang erblickte er dann ein paar niedrige Birkenstühle, über die weiß- und grüngestreifte hausgewebte Überzüge geknüpft waren; hinter diesen ward ein Stück von einer Stube sichtbar, die er noch nie gesehen hatte. Noch zu schwach, um klar zu denken, ging der Fähnrich in der Erinnerung alle die abgerissenen Eindrücke durch, die ihm von der langen, qualvollen Fahrt geblieben waren – die Schmerzen während der Krankheit, die Erscheinung eines Mannes in Herrentracht, mit dem er glaubte gesprochen zu haben, eine alte Dienerin, die ihm Essen und Arznei gegeben, ein quälender Traum, der ihn beängstigt hatte...

Der Kranke stieß einen schwachen Laut aus, als ob die Stille ihn beunruhige. Im selben Augenblick stand auch schon Sara vor seinem Bett, und der Fähnrich begann, sie auszufragen.

Kurz, knapp und freundlich beantwortete die Alte seine Fragen. Der junge Mann hörte ihren Worten aufmerksam zu; zuletzt sagte er: »Wie lange muß ich hier bleiben?«

»Bis der Herr wieder gesund ist,« war die Antwort.

Er schloß die Augen und fiel wieder in das schlafähnliche Hindämmern, das ein Vorbote der Genesung ist.

Ein ganzer Monat verging, und der kranke Offizier hatte das Bett noch nicht verlassen dürfen. Das Fieber war längst fort, aber die Genesung schritt nur langsam voran. Der Doktor kam jetzt nur noch selten; bei seinem letzten Besuch verordnete er nur noch kräftige, nahrhafte Kost und Geduld. Die Gefahr sei groß gewesen, erklärte er, und die Kräfte sehr heruntergekommen, weil die Krankheit auf der Reise ausgebrochen und die nötige Pflege erst in der elften Stunde noch beschafft worden sei. Als er ging, sagte er zum Hüttenherrn: »Die Jugend, mein geschätzter Freund und Studienkamerad –ja, die Jugend! Die tut Wunder!« –

Karin stand im Vestibül und hörte des Doktors Worte, und ohne daß sie weiter darüber nachdachte, merkte sie, daß sie mit einem Male strahlend froh ward. Leise schlich sie sich hinauf in ihre Stube; dort saß sie und sang mit ihrer unentwickelten, klaren Stimme ganz leise vor sich hin. Sie sang, weil sie nicht anders konnte. Aber sie sang leise, weil sie fürchtete, der Kranke könne sie hören, und es möchte ihn stören. Einen ganzen Monat lang hatte sie ihre eigene Stimme nicht gehört, so still war alles gewesen –so entsetzlich der Gedanke, daß daheim jemand war, der sterben konnte –in ihrem eigenen Hause. Sie sang von der verzauberten Jungfrau, sie sang von Klein Kerstins Leid:

> Klein Kerstin und ihre Mutter, sie legen Gold in den dunklen Schrein.
> Wer bricht die Blätter vom Lilienbaum?
> Klein Kerstin, sie weint um ihren Herzliebsten fein –
> Ihr freuet euch alle Tage.

Die Weisen hatte sie im Bücherspind der Mutter gefunden, an dem der Schlüssel steckte, und aus dem Spinett hatte sie sich die Melodien dazu gesucht.

Der Schnee tropfte vom Dache, der Bach rann im Walde zwischen dem nassen Schnee über die Steine, die Märzsonne schien, und in ein paar Tagen kam der April. Das Eis auf dem See trug nicht mehr, durch die Wälder und über die Felder fegte der Frühlingswind.

Wie leise Karin auch sang, so hörte man im Zimmer des Kranken den Gesang doch ganz deutlich, Sara merkte, wie der Fähnrich aufmerksam zu horchen begann, und weil sie dachte, es störe ihn, wollte sie gehen und der Sache ein Ende machen. Aber mit einer ungeduldigen Gebärde hielt der Fähnrich sie zurück, und als der Gesang nach und nach verstummte, fragte der Kranke, wer es denn wäre, der da so schön sänge. Sara antwortete kurz, es sei des Hüttenherrn jüngste Tochter; und weil der Fähnrich merkte, daß die Alte hiermit das Gespräch für beendet ansah, enthielt er sich aller weiteren Fragen. Nicht einmal, als er dieselbe Stimme wieder hörte, diesmal begleitet von den fernen Tönen eines Klaviers, ließ er sich eine besondere Bewegung anmerken. Aber sein für gewöhnlich schwermütiges Gesicht hellte sich auf, und er wandte den Kopf nach der Wand, um mit seinen Träumen allein und ungestört zu sein.

Ein paar Tage darauf überraschte Magnus Brandt seine jüngste Tochter dadurch, daß er sie ganz rasch zu sich rief. Er stand im Pelz, den Reisegurt um den Leib gebunden, auf der Treppe. Unten auf dem Hofe hielt das Gig.

»Du mußt Sara ein bißchen in der Sorge für unsern Gast helfen und ihm Gesellschaft leisten,« sagte er. »Es schickt sich nicht, daß man ihn immer allein läßt. Ich habe viel zu tun in diesen Tagen, und Cäcilia hat an anderes zu denken.«

Damit küßte Brandt seine Tochter auf die Wange, stieg in den Schlitten und fuhr fort. Karin stand allein auf der Treppe; sie konnte es nicht fassen, daß das, was eben geschehen war, Wahrheit sein sollte.

In dem Auftrag, den Magnus Brandt seiner Tochter gegeben hatte, lag zu jener Zeit nichts, was einem jungen Mädchen hätte überraschend kommen können. In jener ehrbaren Zeit waren die Formen freier und einfacher als unsere, und die Konvenienz wurde, wenn es not tat, leichter beiseite gesetzt als jetzt.

Bei ihren Freunden unter den Leuten hatte Karin mehr als einmal an Krankenbetten gesessen, bei Männern so gut wie bei Frauen. Und doch fühlte sie sich jetzt verlegen, ängstlich und glücklich zugleich. Erfüllt von den verwirrtesten Gefühlen und Vorstellungen sprang sie die Treppe hinauf und in ihre Stube. Sie wagte nicht, ein Schmuckstück anzulegen, so gern sie das auch getan hätte. Aber sie ordnete ihr Haar, befestigte eine feine weiße Krause um den Halsausschnitt und band eine Schürze mit breiter, leuchtender Borte über ihr Kleid.

Im Korridor begegnete sie Sara.

»Wo willst du hin?« fragte die alte Dienerin.

»Vater hat gesagt, ich soll dem Fähnrich Gesellschaft leisten. Er ist doch so allein.«

»Der Vater hat das gesagt?«

»Ja.«

Sara fragte nicht weiter. Mit einer Miene, als wasche sie ihre Hände in Unschuld, stieg sie langsam die Treppe hinab, und Karin ging weiter bis an die Tür der grünen Gaststube.

Sie trat ein und blieb zuerst an der Tür stehen, ohne etwas zu sagen.

Das Gesicht, das sich ihr entgegenwandte, war so ganz anders als das, was sie früher gesehen hatte, daß sie sich gar nicht gleich von ihrer Überraschung erholen konnte. Noch mehr verwirrte es sie, daß der Fähnrich keinerlei Verwunderung darüber äußerte, sie zu sehen, sondern ihr nur mit heiteren Augen entgegenlächelte, als habe er ihren Besuch erwartet und freue sich darüber.

»Vater hat gesagt, ich solle kommen,« sagte Karin als Erklärung. Der junge Mann fuhr fort, ihr entgegenzulächeln, lächelte über ihre Verwirrung, lächelte über sich selber, daß er als Kranker dalag, lächelte über diese ganze Situation, die so plötzlich gekommen war.

»Ich wußte, daß Sie mich mit einem Besuch erfreuen würden,« sagte der junge Fähnrich. »Ich habe selber darum gebeten.«

Immer weniger verstand Karin. Wen hatte er gebeten? Warum hatte er das getan? Was wollte er von ihr?

Wer junge Mann begriff, daß er das junge Mädchen in Verlegenheit gebracht hatte. Darum erzählte er jetzt, daß er sie hatte singen hören, sagte, wie gut ihm das getan hätte, behauptete, er hätte sie oft gehört, und er wüßte nichts auf der ganzen Welt, was ihm lieber wäre, als Gesang.

»Ich habe es Ihrem Vater erzählt,« fuhr er fort, »und habe ihn gebeten, daß Sie hereinkommen möchten, damit ich Ihnen wenigstens danken kann.«

Damit streckte er dem jungen Mädchen die Hand entgegen, und Karin nahm sie.

»Ich kann Sie gar nicht wiedererkennen, Herr Fähnrich,« sagte sie.

»Sind Sie schon einmal hier gewesen?« war die rasche Entgegnung.

Das Geständnis war Karin entschlüpft, ohne daß sie es selber ahnte; jetzt stieg ihr die Röte ins Gesicht. Verstellen konnte sie sich nicht. Ein bißchen linkisch setzte sie sich in einen Stuhl, gerade dem Bett gegenüber, beugte sich etwas vor und sagte hastig und leise: »Ich kam einmal, um Sara zu fragen, ob Sie am Leben bleiben würden.«

Der Fähnrich lächelte bei diesen Worten, und auch seine Wangen färbten sich.

»Gute Engel haben über mir gewacht,« sagte er leise. »Einer wenigstens.«

Dann dachte er, er habe vielleicht zuviel gesagt und das junge Mädchen verlegen gemacht; er begann rasch von etwas anderem zu reden, wie er krank geworden wäre und doch geglaubt hätte, er könne die Reise fortsetzen, wie schließlich das Fieber ihn übermannt hätte und wie die ganze Fahrt zu einem seltsamen Traum geworden wäre. Lange redete er, und die ganze Zeit über saß Karin still da und hörte ihm zu. Alles, was sie jetzt erlebte, ward ihr etwas so Wirkliches, aber just darum auch etwas so viel Schöneres, als was sie jemals geträumt hatte. Da saß sie auf dem schmalen Birkensessel mit dem grün- und weißgestreiften Überzug, saß wirklich da und wußte nicht, warum ihr der junge Mann unaufhörlich dankte. Er tat es mit Worten und mit mehr als Worten. Seine Augen, seine Gebärden, der Klang seiner Stimme, alles schien sich um Karin zu sammeln in einer einzigen großen Dankbarkeit, und ihr selbst schien, als habe sie doch gar nichts dafür getan.

Karin wußte nicht, daß ihre Blicke die ganze Zeit über auf dem jungen Manne weilten. Aber sie sah, daß seine Hände fein und wohlgepflegt waren, und instinktiv versteckte sie die ihren, die Wind und Wetter gebräunt hatten.

Sie hörte, daß er abgehackt und langsam sprach, als müsse er nach Worten suchen, oder als ob seine Gedanken ständig arbeiteten, um mehr zu finden, als was die Worte auszudrücken vermochten. Und sie fand —gerade so mußte er ja auch sprechen —gerade dadurch wurde er ja so anders, als alle die anderen, die sie kannte.

Sie freute sich, daß sie ihn so frisch und lebendig vor sich sah, daß seine Wangen sich färbten. Sie hätte so sitzen können –wer weiß wie lange –und sich bloß der Gewißheit freuen, daß er am Leben bleiben würde. Und nur daran dachte sie, als sie endlich lächelnd sagte: »Danken Sie mir doch nicht mehr. Ich hab ja nichts getan. Und singen kann ich ja gar nicht.«

Zum erstenmal ward es still zwischen den beiden. Und die Stille währte lange. Der junge Fähnrich sah gequält aus, und über sein Gesicht kam etwas Dunkles, das Karin erschreckte. Sie glaubte, sie hätte ihn betrübt, und wußte nicht, was sie weiter sagen sollte.

Endlich brach der junge Mann das Schweigen, und in einem ganz anderen Ton, viel leiser als zuvor, fast als schäme er sich seiner eigenen Worte und möchte sie mildern, sagte er: »Ich bin dem Tode sehr nahe gewesen und fühle erst jetzt, daß ich wieder zum Leben erwacht bin.«

Darauf schwieg er wieder. Und die Stille, die um die beiden her fiel, schien zu beben von Gedanken, die keines aussprach. Karin vermochte sich nicht freizumachen von dem Gefühl des Schreckens, der sie ergriffen hatte, und indem sie nach Worten suchte, die alles wieder so froh, licht und lächelnd machen sollten, wie es kurz zuvor gewesen war, sagte sie: »Sie sehen ja ordentlich gesund aus!«

Sie konnte sich selber nicht erklären, weshalb sie gleich darauf aufstand und ging. Sie wollte ja gar nicht gehen; aber sie ging.

»Kommen Sie recht oft wieder,« bat er, als sie an der Tür stand.

»Ja,« sagte Karin, »ich werde oft kommen.«

Ganz allein wanderte sie drunten umher. Singen konnte sie nicht; sie wußte ja jetzt, daß in der Stille jeder Ton droben, wo sie noch eben gesessen hatte, zu hören war. Wieder und wieder ging sie durch die leeren Räume, und ihr Herz war voll.

Da sah sie Cäcilia auf sich zukommen. Die Schwester hatte die große Wirtschaftsschürze vorgebunden und trug die Miene zur Schau, die bedeutete, daß sie sehr geschäftig war. Aber plötzlich –gerade weil sie selber sich so erregt und glücklich fühlte wie nie zuvor, fiel es Karin auf, daß die Schwester in den letzten Tagen mit einem vergrämten Ausdruck umhergegangen war, als trüge sie einen heimlichen Kummer, oder als wäre ihr ein Unglück geschehen.

Karin konnte Cäcilia nicht direkt fragen, ob etwas sie bedrücke. Dazu fühlte sie sich zu unerfahren und jung, wußte außerdem, daß derartiges der Schwester mißfiel. Deshalb ging sie nur auf die ältere Schwester zu, schlang die Arme um sie, schmiegte sich an sie und legte den Kopf au ihre Schulter.

Sie tat das, weil sie selber das Bedürfnis hatte, sich einem Menschen anzuschließen, und weil sie es in diesem Augenblicke nicht ertragen konnte, jemand zu sehen, der nicht froh war.

Die Schwester ließ es geschehen; sie verwunderte sich auch nicht einmal darüber. Sie war an die liebkosende Art der jüngeren Schwester gewöhnt und war immer gerührt über ihre Freundlichkeit. Aber ihr Gesicht erhellte sich nicht.

Karin sah das, und unausgesprochene Fragen brannten ihr auf den Lippen. An der Schwester Seite ging sie auf und ab in dem großen Zimmer, in das die Sonne durch niedrige, viereckige Fenster fiel. Sie vermochte nichts zu sagen, nichts zu fragen. Im innersten war sie froh, daß die Schwester nichts äußerte, was ihr eigenes Glück gerade jetzt hätte stören können. Und sie hielt den Kopf gesenkt, als ertrüge sie es nicht, daß ein Mensch das Sonnenlicht sähe, das über ihren Zügen leuchtete.

Drittes Kapitel

Schnell schwinden die Tage, wenn Liebe sie mit ihrer Freude füllt, rasch werden sie zu Wochen, und die Wochen gleiten in Monate und Jahre. Still und süß vergeht die Zeit, und die, die lieben, vergessen ihren Gang. Rascher kommt da der Frühling, nicht unerwartet, sondern erwartet wie nie zuvor. Die Sonne wird wärmer, das Gras wird grüner, die Luft reiner, der Himmel blauer. Wenn der Kuckuck schreit, ist der Sommer nah, und wenn der Sommer kommt, blüht die ganze Erde. Karin sitzt am Strande drunten beim See; durch ihre Finger rinnt der weiße Sand wie durch ein Stundenglas, das stets gedreht wird, eh' der Sand ausgeronnen ist. Sie denkt daran, daß sie vielleicht am nächsten Tage nicht mehr einsam hier zu sitzen braucht. Ein anderer wird bei ihr sein, ein anderer, dem sie all das zeigen kann, das sie seither immer einsam genossen hat, aber nie so wie jetzt. See und Wald, Wald und See, all das, was ihr gehört. Sachte geht sie dann heimwärts und denkt im Gehen, daß sie ja nur ausgegangen ist, weil er jeden Tag eine Weile schlafen und allein sein soll. Im Wäldchen bleibt sie stehen und pflückt die ersten Anemonen. Dann geht sie lächelnd weiter, die Blumen in der Hand.

Sie ist glücklich, glücklich, daß niemand sie stört, glücklich darüber, daß der Vater so oft verreist, glücklich, daß Cäcilia sie in Ruhe läßt und nicht einmal Fragen an sie stellt. Heute fährt die ältere Schwester nach dem Pfarrhof und besucht ihre Freundin. Und Karin bleibt allein daheim in dem großen Hause. Ganz still freut sie sich an allem, was ihr so fein und leicht entgegenlacht.

Als sie sich dem Hof nähert, hört sie einen Wagen fortrollen. Sie weiß, das ist Cäcilia, die da fährt, und als hätte sie nur darauf gewartet, beschleunigt sie ihre Schritte, springt leicht die Treppe hinauf und gleitet, ohne anzuklopfen, durch die Tür der grünen Gaststube.

Als sie drin ist, sieht sie, daß die Stube leer ist, und mit einem Gefühle der Enttäuschung bleibt sie stehen, als könne sie sich nicht entschließen, allein weiterzugehen. Dann tritt sie an den Tisch, stellt die Anemonen in ein Wasserglas und will wieder gehen.

Sie geht aber nicht. Als hielte etwas sie fest, so bleibt sie stehen. Vor ihr liegen ein paar Bücher, keine alten, gebundenen wie die, die sie sonst immer sah, sondern neue, geheftete, frisch aufgeschnittene. Karin nimmt die Bücher nacheinander in die Hand und sieht sie an. Fremde Namen und Worte. Dinge, die sie nicht weiß, die keiner weiß außer ihm. Da also steht alles das, was er ihr gesagt hat, von dem er so oft spricht, all das Verwunderliche, das in ein paar Wochen Karins ganze Welt verwandelt, sie so neu und so groß gemacht hat. Leise legt sie die Bücher wieder zurück. Was bedeuten Bücher jetzt? Was bedeutet die ganze Welt? Eine Insel ist sie geworden für Karin, eine Insel im weiten Raum, auf der es nur zwei Menschen gibt, sie und noch einen.

Karin setzt sich an den runden Tisch mit der grünen Decke; in diesem einen Augenblick werden ihr all die verflossenen Wochen lebendig; sie sieht sie an sich vorübergleiten, sieht nichts als einen einzigen Menschen, der ihr Leben groß und reich, licht und dunkel zugleich gemacht hat. Und sie freut sich, daß all das ihr gehört, ihr ganz allein. Niemand außer ihr weiß es. Niemand wird es je wissen.

Er hat ihr alles von sich erzählt, und alles, was er erzählte, war schön und gut. Nur eins ist da, was Karin gequält hat und immer quält, weil es so gefährlich ist, daß es sein Leben gelten kann. Sie weiß es, und sie wird sein Geheimnis nicht verraten, wird nie das Vertrauen täuschen, das er in sie gesetzt hat.

Wenn ich krank würde, denkt sie, so könnte ich ihn vielleicht im Fieber verraten. Oder wenn ich träume von ihm, könnte ich vielleicht im Schlafe sprechen.

Sie denkt weiter daran, daß er jetzt, nun er gesund ist, weit fortreisen wird, in ein fremdes Land. Nach Paris. Wie weit mag das wohl sein nach Paris? Und wer wird dort mit ihm reden? Aber reisen muß er, nun er wieder gesund ist.

Und während sie das denkt, drängen die Tränen sich in ihre Augen. Und zum erstenmal denkt sie: Was wird aus mir?

Immer bitterer fallen ihre Tränen, und mit auf den Tisch gelegtem Kopf weint sie einsam in der grünen Gaststube, die jetzt bald leer stehen wird.

Und drunten in der Wohnstube sitzt der junge Fähnrich im Lehnsessel neben dem langen Tisch aus dunkelpoliertem Ulmenholz. Seine Lippen sind fest geschlossen, sein Blick ist abwesend. Er träumt nicht mehr. Zum erstenmal nach langen Wochen beginnt er klar zu denken. Er weiß, daß er liebt, weiß, daß, wenn er noch länger bleibt, er es sagen muß, weil er nicht anders kann. Und sein Gewissen ist im Streit mit dieser Liebe, die seinen Willen und seine Vernunft lähmt. Er denkt an das Geschehnis, das sein ganzes Leben geändert und ihn gezwungen hat, sein eigenes Land zu verlassen und in die Fremde zu ziehen.

Er sieht sich selber vor sich an jenem unglückseligen Abend, wie er, vom Wein erhitzt, von Angesicht zu Angesicht dem Manne gegenüberstand, dem einzigen Mann, dem er hatte ausweichen müssen. Warum war dieser Mann ihm immer so zuwider gewesen? Weshalb mußten sie sich gerade da treffen? Das Blut stieg ihm in den Kopf bei der bloßen Erinnerung. Scharfe Worte fielen zwischen ihnen, zuletzt das Schimpfwort, das nur mit Blut abgewaschen werden konnte. Darauf kam das Duell. Der andere fällt, mitten durch die Stirn getroffen. Was war denn all dies? Wie war es möglich, daß es geschehen konnte? Es war auch nichts weiter, nicht schlimmer als so viele der totgeschwiegenen, vergessenen Geschichten, die die meisten Familien unter ihren heimlichen, nur von wenigen gekannten und nach ein paar Jahren vergessenen Erinnerungen bergen. Aber als er nachher seinem Vater, dem alten Oberst, gegenüberstand, sagte der: »Du bist ein Verbrecher. Ich kenne dich nicht mehr. Ich will dir forthelfen, meinetwillen und deiner Mutter willen und damit nicht Schande kommt über die geachtete Familie, aus der du ein Glied gemordet hast.«

Dann war alles aus gewesen. Andere hatten für ihn gehandelt. In einer dunklen Nacht war er im offenen Schlitten, unbehindert, ungesehen, aus Stockholm weggefahren, versehen mit einem Paß und einem Brief an ein Mitglied des französischen Generalstabs, mit dem der Vater während seines Aufenthalts in Paris als junger Militärattaché befreundet gewesen war. So war er ausgezogen, um sich im fremden Land ein Leben zu schaffen, vogelfrei, wenn auch dem Gesetz nach nicht verurteilt.

Ich bin ein Verbrecher, der dem Arm des Gesetzes entflohen ist, denkt er. Und ich stehe im Begriff, einen anderen Menschen ebenso ehrlos zu machen, wie ich es bin.

Und mit einem Male steht es dem jungen Fähnrich klar vor Augen, was er zu tun hat. Er muß den Zauber brechen, muß noch einmal fliehen, diesmal um sie zu retten, die er liebt.

Ich muß recht handeln, denkt er. Ich bin gesund jetzt. Und ohne Zögern geht er die Treppe hinauf, um seinen Koffer zu packen, um den Schmerz kurz zu machen, zu reisen, eh' etwas geschieht, das seinen Willen für immer bindet und seinen Entschluß fortbläst wie leere Luft.

Als er ins Zimmer tritt, sieht er Karin dasitzen, den Kopf in die Hände gelegt, die auf dem Tische ruhen. Rings um sie her verstreut liegen seine Bücher.

Noch fühlt Sigfrid Björnram in sich den Schmerz des gefaßten Entschlusses. Aber wie er sie so sieht, aufgelöst in eine Verzweiflung, deren Ursache er nicht kennt, aber doch sogleich in Zusammenhang mit sich selber bringt, da vergißt er den Entschluß, den er eben erst gefaßt hat. Leise nähert er sich dem jungen Mädchen, beugt sich über sie und flüstert: »Warum weinen Sie?«

Karin fährt auf. Sie kann nichts antworten, sie kann ja nicht sagen, daß sie seinetwegen weint. Ratlos sitzt sie vor dem jungen Mann und findet keine Worte.

Da beugt er sich noch dichter über sie, und seine Hand streicht über ihr weiches, glänzendes Haar. Er weiß nicht, was er sagt, weiß kaum, was Karin antwortet. Ader das wenigstens weiß er jetzt, warum sie geweint hat, als er ins Zimmer kam.

»Um mich,« ruft er. »Weil ich fort muß!«

»Ja, ja,« sagt Karin und blickt zu ihm auf, als erwarte sie, daß er ihr aus dieser schrecklichen Not helfe. Da beugt sich der junge Fähnrich nieder und küßt das weinende Mädchen.

»Willst du auf mich warten?« sagt er. »Willst du warten, bis ich schreibe: Jetzt kannst du kommen?«

Schwindelnd wie vor einer Tiefe, in die sie noch nie geschaut hat, schließt Karin die Augen.

»Ja, ja,« flüstert sie dann. »Ich warte auf dich, bis ich alt und grau bin. Ich warte auf dich, solange ich lebe. Dann bin ich nie mehr allein. Dann werd' ich nie mehr weinen.«

Wie licht alles plötzlich geworden ist! Wie glückselig! Und vor allem wie möglich! Nichts Schweres mehr, nichts, was sich nicht überwinden ließe!

Beide sind so erregt jetzt, daß sie nur noch stammeln können, keine Worte mehr finden. Tränen zittern in ihren Augen.

Nach einem langen Schweigen sagt Karin: »Wir sind allein zu Hause. Es ist niemand da als wir.«

Dann raffen sie sich auf und gehen glückselig hinunter zum Mittagessen, das auf sie wartet. Munter wie zwei verspielte Kinder werfen sie mit ihren Worten hin und her, um das Mädchen, das bedient, irrezuleiten. Und als das Essen vorüber ist, gehört der ganze Nachmittag ihnen. Sie gehen miteinander aus. Und im Wald, wo es still und einsam ist, gehen sie Arm in Arm. Karin zeigt ihm ihre Wege, den Stein am Bach, der in der Frühlingsflut dahinlärmt, den Strand drunten am See, wo der Sand wie ein weißer Rahmen liegt, den die Wellen liebkosen.

Als sie zurückkehren, ist es schon dunkel. Karin zündet die Lampe an; keins von ihnen begreift, wie die Zeit so schnell hat vergehen können. Aber vergangen ist sie, und als sie sich an der Treppe, die zu ihren Stuben führt, trennen, da brennen Karins Wangen. Flüsternd tauschen sie Küsse im Dunkeln, bis Karin sagt: »Nicht mehr. Ich fürchte mich.«

Lange sitzt sie dann noch wach in ihrem Zimmer, glücklich, weil die Schwester fort ist, glücklich, weil sie weiß, daß ein paar Schritte von ihrer Tür der ist, den sie liebt, glücklich über alles, was geschehen ist und noch geschehen kann, und am allerglücklichsten darüber, daß sie allein ist mit ihrem Glück.

Erst als sie schon im Bett liegt und das Licht gelöscht hat, fällt ihr etwas ein, was sie vergessen hat.

Nicht ein einziges Mal, denkt sie, hab' ich ihn bei seinem Namen genannt!

Und sie beschließt, daß sie ihn am nächsten Morgen, wenn sie sich sehen, ganz laut damit begrüßen will.

Der wunderbare Name, den sie nie hat aussprechen können!

Und lächelnd schläft sie ein.

Der junge Fähnrich aber ist noch nicht zu Bett. Ernsthaft sitzt er an seinem Tisch und denkt immer nur den einen Gedanken, wie reich und einfach das Leben plötzlich geworden ist, und wie klar und gerade der Weg vor ihm liegt, den er von diesem Tage an gehen muß.

Immer hat Karin ihr Leben angesehen als einen lächelnden Traum, für den sie nie eine Erklärung brauchte. Jetzt ist in diesem Traum eine Seligkeit wie noch nie. Aber auch jetzt fragt sie nicht. Auch jetzt kommt kein Warum auf ihre Lippen.

Je näher die Abschiedsstunde rückte, desto düsterer ward Sigfrid Björnram. Karin aber ging umher, als hätte ihr Glück sie hoch über die Sorgen des Daseins emporgetragen.

»Bist du nicht traurig, daß ich reise?« sagte er einmal.

»Nein,« antwortete Karin.

»Wirst du mich gar nicht vermissen?«

Sie antwortete nicht, sondern sah ihn nur an und lächelte.

»Du bist doch immer bei mir,« sagte sie dann. »Drinnen und draußen, Sommer und Winter. Wo ich gehe und stehe.«

Als diese Worte zwischen ihnen gewechselt wurden, waren sie miteinander auf dem Weg, der zum See hinunterführte.

Ringsum knospeten die Birken. Die Luft war voller Vogelsang. Der Mai war da, und schon lange war der Kranke wieder gesund.

Dann kam der Abend, an dem sie einander das letzte Lebewohl sagen mußten. Der Regen fiel in Strömen, und der Sturm heulte. Sie hatten sich hinunter in den Garten gestohlen, um ungestört beieinander zu sein. Drinnen in dem kleinen Gewächshaus hinter den Apfelbäumen standen sie jetzt; draußen vor den Glaswänden strömte der Regen nieder, so dicht und gewaltsam, daß es in dem engen Raum hinter den Blumentöpfen fast dunkel war.

»Sobald ich angekommen bin,« sagte Sigfrid Björnram, »schreibe ich und schicke dir meine Adresse.«

Karin nickte. Das war ja alles so klar und einfach.

»Ich werde deine Briefe aufbewahren,« fügte sie, »und sie jeden Tag lesen.«

»Du mußt auch oft schreiben,« erwiderte er.

Wieder nickte Karin.

Weiter war nichts zu sagen. Die Zeit war knapp. Droben warteten Magnus Brandt und seine älteste Tochter auf ihren Gast, der nicht kam, und auf Karin, von der niemand wußte, wo sie war.

»Wenn ich fort bin morgen,« sagte Sigfrid Björnram, »so geh' heimlich in meine Stube. Ich habe dort etwas hingelegt, was du haben sollst, wenn ich fort bin.«

»Danke!«

Karins Gedanken waren weit weg; sie hatte seine Worte kaum gehört.

»Denk', wenn du einmal wiederkommst und mich holst!« sagte sie und lächelte.

Der junge Mann vermochte nicht zu antworten; er zog das Mädchen nur an sich. Sein Herz war voll; aber er wollte ihr nicht zeigen, wie sein Herz litt. Da weinte Karin zum erstenmal; still und stumm weinte sie in seinem Arm. Weder Worte noch Liebkosungen konnten sie trösten.

Weiter geschah nichts. Wie ein Traum war es ihnen beiden, daß sie einander Lebewohl gesagt hatten und auseinander gegangen waren.

Als Karin allein ins Haus kam, saßen die anderen beim Abendbrot, und der Vater schalt, weil sie so spät kam. Als sie wieder aufsehen konnte, zwang sie sich zum Lächeln und wunderte sich nur darüber, daß alles um sie her ihr so fremd schien und daß sie plötzlich so weit weg war von allen und allem ...

Früh am folgenden Morgen reiste Sigfrid Björnram. Karin lag in ihrem Bett und hörte den Wagen fortrollen. Sie wagte nicht aufzustehen, um sich nicht vor der Schwester zu verraten, die sie im äußeren Zimmer auf und ab gehen hörte. Sie schloß die Augen, damit niemand sehen sollte, daß sie wach war. Es schien ihr so unmöglich, daß sie auf einmal allein sein sollte. Bis sie die Schwester zur Tür hinaus- und die Treppe hinuntergehen hörte, lag sie so. Dann stand sie leise auf und ging barfuß über den Korridor bis zur Tür der Gaststube. Die stand offen, und drinnen war Sara damit beschäftigt, das Zimmer nach der Abreise des Gastes wieder aufzuräumen.

Karin sah, daß auf dem Tische vor dem Sofa ein Briefumschlag lag. Und sie begriff, daß das ihr gehörte, daß es sein Abschiedsgruß war für sie, von dem er gewollt hatte, daß sie ihn haben sollte, wenn sie allein wäre. Darum ging sie ruhig, als sähe sie Sara gar nicht, ins Zimmer, nahm das Kuvert und versteckte instinktiv die Hand und ihre Beute unter ihrem Nachthemd auf der Brust.

Sara unterbrach ihre Arbeit und blieb einen Augenblick ganz still. Sie tat keine Frage. Aber als Karin aufschaute und den Blick aus diesem alten Gesicht sah, das plötzlich eiskalt und streng geworden war, da erschrak sie. Sie ging hastig auf die Alte zu, legte ihren freien Arm um deren Hals und sagte rasch: »Sag' nichts, alte Sara! Versprich mir das!«

Ängstlich blickte sie der Alten in die Augen. Da sah sie, daß die gar nicht böse war. Nur erschrocken sah sie aus, erschrocken, als wäre sie plötzlich auf ihre alten Tage in irgend etwas Unrechtes hineingeraten.

»Ich will nichts davon wissen,« sagte die alte Sara. »Merk' dir's!«

Erleichtert kehrte Karin in ihr Zimmer zurück. Aus Saras Worten und ganzer Art merkte sie, daß die Alte sie nicht verraten würde, was auch geschähe. Beruhigt öffnete sie das Kuvert. Es enthielt einen Brief, den Karin las und küßte. Und in dem Briefe lag ein schmaler Goldring mit einem kleinen eingefaßten blauen Stein. In dem Briefe stand:

»Der Ring hat meiner Mutter gehört. Ich habe ihn nach ihrem Tode bekommen. Einen anderen Ring habe ich nicht für dich. Aber den sollst du tragen und an mich denken; das will ich. Bewahre ihn wohl, daß ich ihn dereinst eintauschen kann, wenn ich dich vor der ganzen Welt zu meiner Braut mache.«

Karin probiert den Ring an; feierlich steckt sie ihn an den Ringfinger der linken Hand, und als sie es getan hat, faltet sie die Hände wie zum Gebet.

Jeden Abend, denkt sie, soll er da sitzen, und jeden Morgen, wenn ich aufwache, werde ich ihn sehen.

Darauf nimmt sie aus ihrer obersten Schieblade ein schmales Samtband. Daran befestigt sie den Ring und bindet sich dann das Band um den Hals. Versteckt will sie ihn tagsüber tragen, damit niemand ahnt, daß sie ein Geheimnis mit sich herumträgt.

Keine Braut, denkt sie, ward je schöner gebunden, und keine Seligkeit der ganzen Welt geht über die, fürs Leben gebunden zu sein.

Es hatte Magnus Brandt nicht geringe Überwindung gekostet, zu Fabian Skotte auf Elfshammar zu gehen und ihm zu gestehen, daß Skogaholm ohne Hilfe nicht länger in den Händen der Familie Brandt bleiben konnte. Seine Familie war älter als die der Skottes, und ihr Name war unauflöslich mit dem der Landschaft verknüpft. Von Kindheit auf hatten die Bewohner der Gegend sich die Ehrfurcht vor dem Brandtschen Namen von den alten und neuen Grabsteinen abbuchstabiert, die einen so großen Platz auf dem Torsbyer Kirchhof einnahmen. Und Magnus Brandt hatte das Gefühl, als müsse er sich schämen vor denen, die vor ihm hier lagen und warteten, bis der letzte, dem es nicht vergönnt war, den Namen weiterzupflanzen, sich auch zu ihnen gesellen würde. Aber im innersten empfand er es doch als eine große Erleichterung, daß er dem Rate gefolgt war, den ihm die Schwiegermutter, die alte Gnädige auf Erzhütte, zum Trost nach all den bitteren Pillen gegeben hatte, die er erst hatte hinunterschlucken müssen.

Nun fühlte sich Magnus Brandt jedesmal, wenn das Gig von Elfshammar auf den Hof zu Skogaholm fuhr, beklommen. Fabian Skotte war ein tüchtiger Mann und genoß den Ruf, ehrlich und gerecht zu sein wie wenige; aber man sagte auch, daß er streng und hart sei. Als seine scharfen Augen die Bücher durchforschten, die Magnus Brandt stets so viele harte Nüsse zum Knacken gegeben hatten, da fühlte dieser, daß er seinen Meister gefunden hatte. Und weil Fabian Skotte noch zögerte, einen bestimmten Bescheid zu geben, fühlte sich Brandt mehr und mehr gedemütigt.

Da geschah es eines Tages, daß Fabian Skotte wieder auf den Hof zu Skogaholm gefahren kam. Es war noch im Frühling, die Weiden blühten, und vor kurzem waren die ersten Schwalben gekommen. Fabian Skotte hatte etwas Heiteres und zugleich Feierliches heute. Er stellte die Peitsche im Vorzimmer ab, hängte den Mantel an den Kleiderständer und trat in die Stube des Hüttenherrn. Dort nahm er auf dem Sofa Platz, Magnus Brandt, der mit dem Rücken gegen den Schreibtisch in seinem abgenützten Lehnstuhl saß, gegenüber. Wie es seine Gewohnheit war, ging Fabian Skotte sogleich auf sein Ziel los und hielt ohne Umschweife, in achtungsvollen, wohlüberlegten Worten bei seinem geschätzten Freund um die Hand von dessen ältester Tochter, dem Fräulein Cäcilia, an.

Magnus Brandt saß und sah auf den Sprecher. In ihm kämpften allerhand widersprechende Gefühle. Fabian Skotte war ein Mann, der die Grenze der Vierzig schon überschritten hatte und bald in die Fünfziger kommen würde. Mehrere Jahre schon saß er als Witwer auf seinem Hof. Man sagte, seine kurze Ehe sei unglücklich gewesen, und die Erinnerung daran habe ihn davor zurückgeschreckt, eine neue zu schließen. Nach Cäcilia Brandts Einsegnung hatte der Besitzer von Elfshammar jedoch dem jungen Mädchen auffallende Aufmerksamkeit erwiesen; und Cäcilia hatte gar viele Tränen geweint, als sie anfing, es zu verstehen. Nicht einmal Magnus Brandt selber konnte die Sache entgehen, und mehr als einmal hatte ihm der Gedanke vorgeschwebt, daß in dieser Partie die Rettung für sie alle lag. Doch hatte er, vielleicht um sich nicht in eitle Hoffnungen einzuwiegen, die Möglichkeit immer wieder von sich geschoben, und als die wichtigen Worte, welche nicht nur das Geschick seiner Tochter, sondern auch sein eigenes entscheiden sollten, gefallen waren, da kam es ihm zuerst so vor, als wäre das eine Versuchung, der er unterliegen müßte.

Ernst, wie der Augenblick es gebot, saß Fabian Skotte auf seinem Platz in der Sofaecke. Er war ein wenig korpulent, aber seine Bewegungen waren lebhaft, und sein Blick schoß scharf und klar umher wie bei einem Manne, der weiß, was er will, und der gewöhnt ist, seinen Willen durchzusetzen. Wie ein ganz neuer Typus saß er da, wie der Mann der neuen Zeit, während Magnus Brandt schon der Vergangenheit angehörte –ein kraftvoller, willensstarker Sproß einer kraftvollen Familie, die im Begriff stand, das Brandtsche Geschlecht zu verschlingen, sich darüber hinweg auszubreiten, es zu beherrschen und einmal dessen Platz einzunehmen, wenn sich das letzte Grab, das auf dem Torsbyer Kirchhofe noch für einen Sproß der Familie Brandt frei war, gefüllt hatte.

Etwas Ähnliches schwebte dem alten Magnus Brandt vor, wie er so dasaß, und während er in verbindlichen Worten für die Ehre dankte, die seinem Hause durch diesen Antrag angetan wurde, strich er sich mit der linken Hand, die noch immer den abgenützten Verlobungsring trug, bedächtig über das glattrasierte Kinn und die Oberlippe. Das Gefühl, daß er nicht nein sagen konnte, auch wenn er es wollte, beherrschte ihn, aber auch die Freude darüber, daß alle Sorge so mit einem Schlage von seinen Schultern gehoben wurde, wollte sich nicht einstellen.

Vielleicht merkte Fabian Skotte etwas von dem Eindruck, den er gemacht hatte, und rechtlich denkend, wie er war, wollte er jeden Gedanken, als ob er einen Kauf vorschlüge, verscheuchen.

Darum äußerte er auch in ganz ruhigem Tone, als verstehe sich das, was er jetzt sagte, ganz von selbst: »Ich habe schon längst daran gedacht und habe nie ein Geheimnis aus den Gefühlen gemacht, die Fräulein Cäcilia mir einflößt. Jedermann hat es sehen können, und wenn ich nun bei ihrem Vater um das Recht anhalte, sie in Zukunft bei einem trauteren Namen nennen zu dürfen, so bitte ich, daß kein Mißverständnis zwischen uns herrschen möge. Ich erkläre hiermit, daß Fräulein Cäcilia nur ihrem eigenen freien Willen folgen darf. Gezwungen will ich sie nicht besitzen. Daß ein Mann in meinen Jahren einem jungen Mädchen vielleicht nicht gefallen kann, darauf bin ich gefaßt. Ebensowenig will ich, daß, was wir früher hinsichtlich des Gutes und deiner Schwierigkeiten verhandelt haben, auch nur den geringsten Einfluß auf diese Sache und die Antwort, die ich erwarte, haben soll. Auch wenn diese Antwort verneinend ausfallen sollte, was mir eine große Enttäuschung wäre, verspreche ich, daß ich die besagten Schwierigkeiten, so wie ich es mir stets vorgenommen habe, ordnen will. Die Antwort auf meinen Antrag wird in dieser Sache auch nicht den geringsten Einfluß ausüben.«

Magnus Brandt konnte nicht anders, als bei sich selbst zugeben, daß das recht und ritterlich gesprochen war, wie er es auch immer von Fabian Skotte erwartet hatte. Und er fühlte sich durch diese Worte ganz wunderbar erleichtert. Zugleich aber war er auch fester gebunden als je zuvor. Dem Manne, der so redete und handelte, wollte und mußte er seine Tochter geben, und wenn die ganze Welt sich dagegen auflehnte. Er streckte die Hand aus und drückte die Fabian Skottes.

»Mein Jawort hast du, Bruder,« sagte er. »Und meine Tochter wird auch nicht nein sagen, wenn sie meinen Willen kennt.«

Die beiden Männer schüttelten sich die Hand. Sie waren beide bewegt. Beiden deuchte es, sie hätten in diesem Augenblick erreicht, was sie sich wünschten, und beide wußten im innersten, daß jedes Wort, das sie gesagt hatten, ehrlich gemeint war. Sie waren so alte Freunde, hatten als Nachbarn in Friede und Eintracht gelebt, und ihnen beiden war, als sei etwas Großes geschehen in dem Augenblick, da der Beschluß gefaßt wurde, daß in Zukunft auch ein verwandtschaftliches Band die beiden Familien vereinen sollte, die seit Generationen in allen Angelegenheiten des Kirchspiels um den ersten Platz gewetteifert hatten.

Denn daß Cäcilia, wenn auch nach einigem Zögern und Bedenken, schließlich ihr Jawort geben würde, daran zweifelte keiner von den beiden.

Magnus Brandt fühlte sich nur im Ungewissen über die Art, wie er der Tochter den Antrag am besten mitteilen könnte. Im übrigen war er zufrieden, daß die Worte, die eben gewechselt worden, nun ausgesprochen waren. In diesem Augenblick sah er die Zukunft wieder heller vor sich liegen. Er war weicher von Gemüt als Fabian Skotte, und seine Gefühle waren komplizierter.

Darum stand er hastig auf und stellte sich ans Fenster; er mochte nicht sprechen über das, was er fühlte, und es auch nicht zeigen.

Auf den Rabatten draußen war das Tannenreis schon fortgenommen, die Perlhyazinthen begannen zu knospen, und die Schneeglöckchen waren bereits aufgeblüht. Über den Hof ging eben der Großknecht, um nach der frühen Mittagsrast die Leute zur Arbeit zu rufen, und gleich darauf läutete die Glocke munter vom Giebel des Magazinflügels, daß die Tauben, die in der Dachrinne Korn gepickt hatten, erschreckt aufflatterten.

Da dachte Magnus Brandt an alle, die beim Klang dieser Glocke zur Arbeit auf den alten Äckern ausziehen würden, und es deuchte ihm eine Beruhigung, zu wissen, daß er nicht mehr zu fürchten brauchte, er müßte vor ihnen eines Tages in Schande dastehen. Er fühlte sich voll Dankes, voll Dankes gegen Gott, der sein Schicksal gelenkt hatte. Und indem er sich umwandte, sagte er: »Den Tag vergessen wir beide nicht.«

Gleich darauf war ihm, als habe er zuviel gesagt. Und mit einem gewaltsamen Husten, als wolle er einen Anfall von unnötiger Gefühlsregung ersticken, wandte er sich wieder zum Fenster und fuhr fort, auf den alten Hof hinauszustarren, von dem durch die Hecken der Terrasse eine Steintreppe zum Garten hinabführte.

Fabian Skotte saß mittlerweile still in seiner Ecke. Er war in seiner Art nicht weniger erregt. Die kräftige Unterlippe war vorgeschoben, auf der Stirn lagen tiefe Falten. Er gedachte der Jahre, da er verheiratet gewesen war, an das kurze Glück des ersten Jahres und an die langen Jahre der Zwietracht, die darauf folgten, dachte daran, wie er mit lächelndem Gesicht unter den Menschen umhergegangen war und kaum in der Einsamkeit gewagt hatte, sich seinem Gram zu überlassen, aus Angst, daß die Hölle, die sein Haus barg, allen offenbar und von allen bemitleidet werden würde. Woher der Haß zwischen ihm und seiner Frau gekommen war, das begriff er nie und konnte es nie ergründen. Dunkel schwebte es ihm einmal vor, als ob seine Frau sich nach einem Kind gesehnt, und, weil das Kind ausgeblieben war, keinen Frieden gefunden hätte. Aber er hatte diese Erklärung für ihre ständige Zwietracht als unmöglich verworfen. Er selber hatte ja auch darüber getrauert, daß sie keine Kinder hatten. Aber kann daraus Haß entstehen?

Fabian Skotte hielt das für eine Unmöglichkeit; und wenn er an seine Ehe voller Szenen und böser Worte dachte, hatte er nur noch das Gefühl des Schreckens, des Entsetzens, das ihn erfüllt hatte, als er sehen mußte, wie die Frau, die er einst geliebt hatte, plötzlich zu einer ganz anderen ward.

Einsam, kinderlos hatte er seither gelebt. Und wenn er sich jetzt eine Frau suchte, so tat er das, weil er nun ein gereifter Mann war und wählen gelernt hatte. Er wollte noch einmal leben, sich seines Lebens freuen und ein Kind auf den Armen halten. Lange genug hatte er gearbeitet ohne Freude und ohne Lohn.

Es waren ungleiche Wege, die die Gedanken der beiden Männer gingen. Trotz des Altersunterschiedes hatten sie solange wie Gleichaltrige miteinander verkehrt, daß das Schweigen, das jetzt zwischen ihnen herrschte, schließlich beiden unangenehm wurde. Das Bewußtsein, daß sie jetzt in das Verhältnis von Schwiegervater und Schwiegersohn zueinander getreten waren, hatte sogar etwas Bedrückendes, an das sich jeder in seiner Art erst gewöhnen mußte. Es war deshalb für beide eine Erleichterung, daß Sara in diesem Augenblick hereinkam und meldete, das Mittagessen sei serviert.

Fabian Skotte erhob sich aus dem Sofa und trat zu Brandt, der noch immer am Fenster stand. »Kein Wort jetzt,« sagte er beinahe verlegen. »Man muß das Mädchen erst vorbereiten. Und wenn sie Bedenkzeit will, so mußt du ihr das nicht verargen.«

Und damit gingen die Herren miteinander hinauf in das Eßzimmer, wo Magnus Brandts Töchter auf sie warteten.

Das Essen ging langsam vorüber. Die Stimmung am Tische war gedrückt. Nicht ohne eine gewisse Verlegenheit sah Magnus Brandt, wie der alte Portwein, den er selber befohlen hatte und der nur bei festlichen Gelegenheiten auf den Tisch kam, vor ihn hingestellt wurde. Und als er zuletzt den kostbaren Trank einschenkte, fand er keine Worte, um diesen Luxus, der so gar nicht mit den Gewohnheiten des Hauses übereinstimmte, zu motivieren. So trank er denn nur schweigend mit seinem Gast und ermahnte die Töchter, ein gleiches zu tun.

Nur als Cäcilia den Rand ihres Glases vorsichtig gegen das Fabian Skottes klingen ließ, streifte Brandt die Tochter mit einem Blick, der ihr eine tiefe Röte ins Gesicht trieb. Karins Blicke gingen verständnislos von einem zum andern, als wage sie den Gedanken, den des Vaters Blick und der ganze Auftritt in ihr erweckt hatte, gar nicht auszudenken.

Stumm standen alle vom Tische auf, und als das Tischgebet gesprochen war, hatte Cäcilia ein notwendiges Geschäft draußen in der Küche und verschwand für den ganzen Nachmittag.

Die beiden Herren tauschten einen raschen Blick aus; es war deutlich zu merken, daß sie beide Cäcilias rasches Verschwinden als ein gutes Zeichen auffaßten.

Fabian Skotte blieb auch nicht mehr lange. Allen Einwänden seines Wirtes zum Trotz gab er schon früh am Nachmittag den Befehl, daß sein Gig vorfahren sollte. Und nachdem er Brandt gebeten hatte, ihn bei den Damen zu entschuldigen, fuhr er vom Hofe weg. Der Tag hatte ihn angestrengt, und er hatte das Bedürfnis, allein zu sein mit seinen Gedanken an die Zukunft, die der Anblick des jungen Mädchens viel stärker in ihm lebendig gemacht hatte als das entscheidende Gespräch am Vormittag.

Magnus Brandt aber ging einsam in seinem Zimmer auf und ab, und das Gefühl der Dankbarkeit gegen Gott und der Ruhe seinem eigenen Geschick gegenüber, das ihn am Vormittag fast überwältigt hatte, kehrte ihm jetzt mit verdoppelter Kraft zurück. Es war, als seien ihm alle Sorgen plötzlich von den Schultern genommen. Was ihm schwer geworden wäre, von einem Fremden anzunehmen, das konnte er ruhig und als etwas Selbstverständliches von seinem Schwiegersohn annehmen. Seit langen Jahren hatte Magnus Brandt nicht so vertrauensvoll in die Zukunft geblickt wie diesen Abend.

Einsam ging er in seiner Stube auf und ab, länger als eine Stunde, und genoß die Ruhe, die nach Jahren der Unruhe und des Kampfes ihm endlich beschert war. Er fühlte geradezu ein Bedürfnis, solange wie möglich in Ruhe diese Stille auszukosten, die nun gekommen war, gerade da er sie am heißesten ersehnte, und er unterbrach diese Stille auch nicht, ehe das Läuten der Vesperglocke durch den ruhigen Frühlingsabend verkündete, daß die Arbeit für heute beendet war.

Da ließ Magnus Brandt seine älteste Tochter zu sich rufen, sagte ihr in ruhigen, fast warmen Worten, was geschehen war, und bat sie, sich die Sache zu überlegen. Er verschwieg ihr nichts. In dem Augenblicke, in dem Cäcilia, wie er meinte, im Begriff stand, die Stellung des jungen Mädchens in seinem Hause gegen die eines jungen Weibes auszutauschen, das bald Gattin und Mutter sein sollte, durfte seine eigene Lage der Tochter kein Geheimnis mehr sein. Und ihr Glück würde doppelt sein, wenn sie wußte, daß sie nicht nur sich selbst ein Heim gründete, sondern auch ihrem Vater ein ruhiges Alter bereitete.

Cäcilia saß in des Vaters Sofa, auf dem Platze, wo am Vormittag Fabian Skotte gesessen hatte. Ihr Gesicht, das sie auf die Hand gestützt hatte, ward bleich, während der Vater sprach.

Als er geendet hatte, sagte sie nur: »Steht es wirklich so schlimm mit uns?«

Sie sprach leise und demütig, aber in ihrer Stimme lag etwas von der Bitterkeit, die sie darüber empfand, daß dies Unglück, das der Vater solange verschwiegen hatte, ihr gerade jetzt erzählt wurde, wo es ihren Schmerz nur noch erhöhen mußte.

Magnus Brandt fuhr bei ihren Worten zusammen. »Soll das, was du da sagst, ein Vorwurf sein?« fragte er scharf.

Cäcilia schüttelte den Kopf. Sie strich sich mit beiden Händen über das gescheitelte Haar, als ob sie es glätten wolle. Es war eine mechanische Bewegung, und es wurde auch nichts weiter gesprochen. Aber gerade in diesem unnahbaren Schweigen, in dem die Tochter beharrte, fühlte Magnus Brandt einen Widerstand, der ihn aus der harmonischen Ruhe, über die er sich noch eben gefreut hatte, zu reißen drohte.

Es lag ihm auf der Zunge, eine Erklärung zu fordern; aber instinktiv begriff er, daß er vorsichtig vorgehen mußte. Darum schluckte er den Zorn, den er in sich aufsteigen fühlte, hinunter, stellte sich vor die Tochter hin und sagte in einem Tone, der kühler klang, als eigentlich beabsichtigt war: »Der treffliche Mann, der dir die Ehre erwiesen hat, bei mir um deine Hand anzuhalten, hat mich selbst gebeten, dir zu sagen, daß er bereit ist, dir Bedenkzeit zu lassen. Du brauchst also nicht jetzt zu antworten.«

Cäcilia erhob sich. »Danke,« sagte sie fest und ruhig. »Das habe ich von Herrn Skotte und von meinem Vater nicht anders erwartet.«

Und da der Vater hierauf nichts erwiderte, verließ sie das Zimmer, ohne daß noch ein Wort gesprochen wurde.

In der Halle wartete Karin. Aus dem wenigen, was sie gesehen und gehört hatte, war es dem jungen Mädchen klar geworden, daß etwas Wichtiges vorging, und ihr Instinkt sagte ihr, daß die Unterredung im Zimmer des Vaters sich um das künftige Geschick der Schwester drehte. Und so saß sie jetzt dicht vor der geschlossenen Tür, mit Augen, die vor Zärtlichkeit und Mitgefühl leuchteten, und wartete darauf, daß die Schwester ihr um den Hals fallen und ihr alles sagen würde.

Aber mit Augen, die nichts zu sehen schienen, ging Cäcilia an der Schwester vorüber und lief die Treppe hinauf nach ihrer Stube, in der sie sich einschloß. Stumm und einsam stand Karin in der großen Halle, in der die Dämmerung sank. Sie dachte an ihr eigenes Geheimnis; und als sie die Hand an die Brust legte, fühlte sie den Druck des dünnen Goldreifs, der, an ein schmales Sammetband gebunden, unter dem Hemde auf ihrem Busen lag.

Mehrere Tage vergingen. Cäcilia behielt ihren Kummer für sich. Karin litt darunter, litt doppelt, weil sie verstand, woher die Verschwiegenheit der Schwester kam.

Zwischen den zwei Schwestern war, seit Karins Liebesbeziehung zu dem jungen Fähnrich begonnen hatte, ein ganz neues Verhältnis entstanden. Ob Cäcilia etwas ahnte oder nicht, das erfuhr Karin nicht. Sie fühlte nur eins: sie konnte sich der Schwester nicht mehr nähern wie früher, und die Tür zwischen den beiden Mädchenzimmern, die sonst immer offen gestanden hatte, war jetzt meist geschlossen.

Karin erinnerte sich noch recht gut an das erste Mal, daß dies geschehen war; und darum fühlte sie, daß die Schuld an dem Mißklang, der in ihr Verhältnis gekommen war, an ihr lag. Und doch konnte sie nichts dagegen tun, nichts daran ändern. Ihr Geheimnis einem anderen anvertrauen, das erschien ihr als etwas ganz Unmögliches. Ihr allein gehörte dies Geheimnis, tief in ihrer Seele hatte es sich eine Welt für sich geschaffen, die anders war als alles auf Erden. Und ehe Karin die Blicke eines Dritten, und wären es auch die einer Schwester, auf diesen verborgenen Schatz hätte fallen lassen, wäre sie lieber gestorben.

Und doch hätte sie sich so herzlich gern der Schwester genähert; sie sah den Schmerz, der Cäcilia betroffen hatte, vielleicht für größer an, als er wirklich war. Sie wünschte so sehr, sie dürfte die Schwester zärtlich liebkosen, ihr die Bürde abnehmen. Aber jedesmal, wenn sie sich Cäcilia nähern wollte, fand sie den Weg verschlossen, und alle zaghaften Versuche, die Karin machte, schien die ältere Schwester gar nicht sehen zu wollen.

Inzwischen wurden mit jedem Tage die Nächte länger und heller. Mittsommer rückte näher.

Die alten Bäume im Garten standen in dichtem Laub, der Garten selbst erglänzte weiß, wie besteckt mit Riesensträußen weißer Blumen, die Obstbäume schmückten sich mit ihrem vergänglichen, wundervollen Frühsommergewand, und die Fliederbüsche hingen voll schwellender Knospen.

Da, eines Tages, erhielt Karin ihren ersten Brief aus Paris. Auf Umwegen gelangte er in ihre Hände, und welchen Weg ihr Held gewählt hatte, um ihn zu befördern, erfuhr sie nicht. Sie grübelte auch nicht darüber nach. Wie einen heimlichen Schatz trug sie den unerbrochenen Brief in der Kleidertasche, und erst am Nachmittag stahl sie sich hinauf in ihr Stübchen, schloß die Tür und las ihren ersten Liebesbrief.

Versunken war alles außer dem unnennbaren, heimlichen Quell, der ihr ganzes Leben umgestaltet hatte. Still und langsam las sie den langen Brief, der ihr von einem fremden Lande erzählte, von der großen Weltstadt, von neuen, wundervollen Gedanken, von dem Kampf dort in der Ferne, dem Kampf um neue Gedanken und neue Menschenschicksale. Und dazwischen fand sie Worte, die von ihr selbst sprachen, warme, glühende Worte, die ihr Herz klopfen machten, Hoffnungen auf eine Zukunft, das Gelübde, daß er dereinst kommen würde und sie holen, sie, die auf ihn wartete, die nie von ihm lassen würde, die ihn so über alles liebte.

All das kam zu Karin, während die Sommerwiesen grün standen und die Sonne die Erde wärmte und die Blumen färbte. Und die Gewißheit kam mit, die Gewißheit, daß sie hoffen und harren durfte. Zugleich aber öffnete dieser Brief ihr gleichsam die ganze Welt. Wie ein neues Wunder schien es ihr, die sich so klein und unbedeutend fühlte, daß jemand, der mitten in all dem Großen und Herrlichen lebte, das sie sich in der Welt träumte, an *sie* denken, *ihr* einen Platz bei sich einräumen, mit all seiner Sehnsucht zu *ihr* kommen und sie vielleicht eines Tages auf starken Armen forttragen sollte, dahin, wo alles Lebens Fülle so üppig wuchs, daß schon die bloße Ahnung dieser Fülle einen erschreckte.

All dies und mehr noch strömte von den blauen Linien des dünnen Briefpapiers über Karin hin, und aus allem, was sie fühlte, barg sie als Köstlichstes die Stille, die geboren wird aus der Gewißheit, geliebt zu sein.

Mit ihrem Brief in der Hand blickte sie durch das offene Fenster durch die Zweige der Ulmen hinaus in den Garten, und wie ein unsagbares Glück erschien es ihr, daß sie so auf ihn warten durfte.

Plötzlich hörte Karin, daß Cäcilia in das Zimmer nebenan kam. Hastig faltete sie den Brief zusammen, schob ihn in den Umschlag und verbarg ihren Schatz in der obersten Kommodenschieblade unter den weißen, schlichten Hemden, die sie selber gewebt und genäht hatte und die nach Lavendel und Nelken dufteten. Dann schloß sie die Schieblade und zog zum erstenmal in ihrem Leben den Schlüssel aus dem Schloß. Hastig öffnete sie hierauf die Tür, um durch Cäcilias Zimmer hinauszugehen, voll Furcht, sie könnte mit einer Miene ihr Glück verraten.

Als Karin hereinkam, saß die Schwester vor der ausgezogenen Klappe eines kleinen Mahagonisekretärs und schrieb an etwas, das aussah wie ein Brief. Karin, die Angst vor jeder Frage hatte, wollte ohne weiteres an ihr vorbeieilen, um nur fortzukommen, einerlei wohin.

Doch Cäcilia schien das nicht zulassen zu wollen. »Wohin gehst du?« fragte sie.

»Nirgendshin,« antwortete Karin kurz, noch mit der Hand auf der Türklinke.

Da hörte sie Cäcilia wieder sprechen – trocken, kalt und bitter: »Hast du nicht einen kleinen Augenblick Zeit für mich übrig?«

In der Stimme der Schwester lag ein so maßlos schmerzlicher Klang, daß Karin ganz erschreckt zurückfuhr. Es schnitt durch ihre Freude, als ob ein scharfes Eisen ihr Innerstes verwundet hätte. Hastig trat sie näher: »Ich möchte ja so gern mit dir reden,« sagte sie. »Aber du willst ja immer nicht.«

Da brach zu Karins Überraschung die sonst so ruhige und beherrschte Schwester, zu der sie immer emporgeblickt und die sie, solange sie zurückdenken konnte, nie in einer solchen Verfassung gesehen hatte, plötzlich aus, als habe sie ihr etwas zuleide getan. »Du siehst ja nichts, niemand sieht etwas. Keinen hab' ich, zu dem ich gehen kann!«

Cäcilia zog die jüngere Schwester zu sich nieder auf das kleine Sofa; sie mußte sich Gewalt antun, um nicht in Tränen auszubrechen.

»Vater will mich zwingen, daß ich Fabian Skotte auf Elfshammar heiraten soll,« sagte sie. »Ich kenne ihn nicht. Ich will nicht. Ich tu es nicht.«

Karin fühlte, wie alles, was noch eben so jubelnd hell gewesen war, plötzlich in Dunkel versank. Also war es wahr, was sie geahnt und immer von sich geschoben hatte, weil es so bitter war und so schwer? Wahr, wahr, wahr!

Cäcilia fuhr fort: »Vater hat kein Geld mehr. Er hat mir alles gesagt. Und wenn ich mich mit dem reichen Manne verheirate, so rettet er Vater.«

Wie aus einem Nebel heraus ward es Karin auf einmal klar, daß das, was hier vor sich ging, eine Wirklichkeit härterer und gleichsam zwingenderer Art in sich trug, als ihr selbst je entgegengetreten war.

Sie setzte sich der Schwester gegenüber, und zum erstenmal sah sie, daß Cäcilia in der kurzen Zeit eine ganz andere geworden war, älter im Wesen und Aussehen.

Sobald Cäcilia der Schwester Blick auf sich ruhen sah, wurde sie ruhiger. Und dann begann sie zu erzählen. Kurz und klar berichtete sie nun alles, was geschehen war.

»Ich kann Vater nicht den Willen tun darin,« sagte sie. »Mich mit einem Manne verheiraten, der mir zuwider ist, das ist mir unmöglich. Ich tu' es nicht.«

Karins Wangen glühten. Sie fühlte, wie ihr eigenes Geheimnis, das ihr bis zu dieser Stunde ein ungetrübtes Glück gewesen war, plötzlich zu brennen und schmerzen begann, als hätte sich ein glühendes Eisen in ihre Brust eingebrannt.

»Was willst du tun?« fragte sie atemlos. »An wen schreibst du?«

Ruhig begegnete Cäcilia dem Blick der Schwester.

»An Großmutter,« sagte sie.

»Weiß Vater das?«

»Nein. Was kümmert er sich denn um mich!«

All das erschien Karin so unheimlich und unergründlich.

»Ich habe geglaubt, du schreibest an jemand, den du vielleicht –lieb hättest,« sagte sie und errötete im selben Augenblicke über ihre eigenen Worte.

Cäcilia lächelte.

»Lieb haben?« sagte sie bitter. »Wen gibt es denn hier, den man lieb haben könnte? Den Inspektor vielleicht? Oder Vaters Kutscher? Es gibt ja Märchen, in denen so was vorkommt! Kindskopf!«

Sie erhob sich und ging ein paarmal durchs Zimmer, kräftig, gut gebaut, ein reifes Weib, das seine Kindheit weit hinter sich gelassen hatte.

Karin verstand das und fühlte sich kleiner als je.

»Was willst du von Großmutter?« fragte sie schüchtern.

Für Karin war die Großmutter der Inbegriff der Strenge, des unbestechlichen Gebotes der Unterwürfigkeit und des Gehorsams. Großmutter war wie die barsche Stiefmutter im Märchen, vor der alle erschrocken schweigen, der sich niemand zu widersetzen wagt. Persönlich hatte Karin an Großmutter die Erinnerung, daß sie vor ihrem Blick gezittert und sich vor ihrem Schelten gefürchtet hatte.

»Großmutter ist eine tüchtige Frau,« sagte Cäcilia. »Sie wird verstehen, wie allein ich hier stehe, und wie schwer alles für mich ist, weil ich keine Mutter gehabt habe. Und darum schreibe ich an sie. Wenn *sie* mir nicht helfen kann, so kann niemand mir helfen.«

»Und Vater?« sagte Karin. »Wie wird es mit Vater?«

»Fabian Skotte übernimmt Skogaholm in Pacht oder kauft den Hof, einerlei, was ich antworte. So ist Vater auf jeden Fall gerettet. Fabian Skotte hat sein Wort gegeben, und das hält er. Es ist ja nicht, um sich vor der Not zu retten, daß Vater mich opfern will. Es ist um seiner Ehre willen, weil er mich ihm zugesagt hat, daß er das Opfer von mir verlangt. Vater selber glaubt es ja, aber er täuscht sich. Er würde nicht versuchen, mich zu zwingen, wenn er sich nicht in den Kopf gesetzt hätte, daß Skogaholm durch mich in der Familie bleiben soll. Und dann wäre es für ihn auch leichter, einem Schwiegersohn verpflichtet zu sein, als einem, der nicht verwandt ist. Seinem Hochmut will er mich opfern. In meinem Herzen ist nichts, das mir gebietet, diesmal zu gehorchen.«

Damit setzte Cäcilia sich wieder an den Schreibtisch.

»Geh' jetzt!« sagte sie. »Der Brief muß einmal fertig werden, sonst hab' ich keine Ruhe.«

Karin ging. Sie ging durch das Wäldchen hinunter zum Strande, wo der weiße Sand lag und die Wellen neben ihren Füßen ans Land spülten. Da setzte sie sich und blickte gedankenvoll über das Wasser, in dem sich die Sommerwolken spiegelten, bis ein Windstoß kam und das Bild auseinander blies.

Zum erstenmal war in Karins unmittelbarer Nähe etwas geschehen, das gleichsam den luftigen Schleier von Glück und Traum hob, den ihre Jugend über Leben und Wirklichkeit gebreitet hatte. Vor der ruhigen Entschlossenheit und dem zielbewußten Mut, mit dem die Schwester zu Werke ging, stand Karin wie vor etwas Fremdem. Sie verstand diese Eigenschaften an der

Schwester nicht. So kraftvoll und sicher zu handeln, ganz auf eigene Faust, ohne einen Menschen zu fragen! Es schien Karin wie ein Wunder, unerklärlicher als alles, was sie je in ihrem Leben erfahren hatte.

Als sie dann an den Vater zu denken versuchte, schnürte sich ihr das Herz zusammen. Er tut einem so leid, dachte Karin, daß die eigene Tochter ihm entgegenhandelt und sich um Hilfe wider den Vater an Fremde wendet! Und das Schlimmste war, daß sie, Karin, ohne ihr Wollen in die Pläne eingeweiht war.

So saß Karin den Juniabend durch am Strande. Zuletzt fand sie doch einen Trost für ihre kummervollen Gedanken in dem Umstande, daß nicht sie es war, die an eine Ehe mit einem langweiligen Manne denken mußte, sondern die Schwester. Und bei diesem Gedanken erwachte ihre Sehnsucht nach dem Briefe, der in ihrer obersten Schieblade versteckt lag. Sie stand auf und ging heim.

Um sie her fielen die Schatten der Birken leicht aufs Gras, die Abendsonne sank, und ganz nahe im Wäldchen rief der Kuckuck klingend und hell. Die Sorgen flogen fort, und Karin ging heimwärts, voll von ihrer heimlichen Freude, und sang leise vor sich hin.

Auf der Treppe zum Hofe hinauf begegnete sie der alten Jonsa, die mit einem Sack Kartoffeln auf dem Rücken nach dem Waschhaus ging.

»Ich glaube gar, man singt,« sagte Jonsa und stellte ihren Sack nieder.

Karin nickte.

»Warum singt man denn, wenn man fragen darf?« fuhr die Alte fort.

»Das weiß man selber nicht,« antwortete Karin.

»Ei ja, wol weiß man das!« meinte die Alte.

An welchen von ihren ehemaligen Schätzen sie in diesem Augenblick dachte, ist schwer zu sagen. Aber als Karin schon an ihr vorüber und durch die große Haustür verschwunden war, stand die Alte noch immer da und lächelte ihr bedeutungsvolles Lächeln im Abendsonnenschein. Schließlich nahm sie ihren Kartoffelsack wieder auf den Rücken und ging schnaufend heim.

Cäcilia aber saß einsam in ihrer Stube und schrieb. Ihr Brief wurde lang, und mehr als einmal mußte sie wieder von vorn anfangen. Denn die Augen, die da lesen sollten, was sie geschrieben hatte, waren gar scharf und genau und gewöhnt, Fehler zu entdecken.

Zuletzt aber lag der Brief doch fertig da, in klaren, bestimmten Worten abgefaßt und mit einer sicheren, deutlichen Handschrift geschrieben. Wie er jetzt war, konnte er bleiben. Und als nächstesmal die Posttasche abging, ging Cäcilia selber hinunter an den Strand und schob den Brief heimlich dem Fischer-Anders in die Hand, der schon zum Abstoßen bereit im Boot stand, um die Posttasche auf die andere Seite des Sees hinüberzurudern, wo die Landpost sie abholen sollte.

Fischer-Anders hatte in dieser Zeit doppelte Heimlichkeiten zu hüten; er machte sich wohl auch seine Gedanken, wenn er die verschiedenen Briefe in Empfang nahm oder auslieferte. Aber er sagte sich, daß ein kleiner Nebenverdienst nicht so übel ist, besonders einer, den man heimlich kriegt. Da brauchte seine Alte nicht so zu rechnen und zu keifen wie bei dem, was er für die Fische bekam. Etwas mußte ein rechtschaffener Mensch doch auch für einen Schnaps oder ein bißchen Tabak haben. Daß in dieser Heimlichtuerei eine Gefahr für ihn liegen könnte, ahnte Fischer-Anders wohl; und damit er nichts zu wissen brauchte, stellte er lieber keine Fragen, sondern nahm nur die Briefe und das Geld und tat, wie ihm befohlen war. Dadurch, daß die Post so selten ging, war ja der Verdienst überhaupt nicht groß, und ein Extratrinkgeld setzte es nicht alle Tage.

Mit dem seltenen Kommen der Post ging es auch Hand in Hand, daß, wer damals einen Brief erhielt, sich reichlich Zeit nahm, ehe er ihn wieder beantwortete. Die Blätter der Bäume wurden gelb, und auf den Feldern stand der Hafer in Garben, ehe die alte Gnädige auf Erzhütte irgend jemand auf Skogaholm ahnen ließ, daß ihr der Brief der Enkelin zu Händen gekommen war.

Die Sache war außerdem die, daß die alte Frau es recht schwierig fand, den Brief zu beantworten. »Man soll sich nicht in die Heiraten anderer Leute mischen; da erntet man bloß Undank und kommt in allerhand Verdruß und noch schlimmere Kalamitäten.« Das war ein Grundsatz, den sie oft geäußert und auch ihr Leben lang unverbrüchlich befolgt hatte. Daß sie sich jetzt, auf ihre alten Tage hin, zwischen Stamm und Rinde drängen sollte, kam ihr sehr ungelegen.

Anderseits aber sagte sie sich auch, daß sie ja doch des Mädchens Großmutter sei, und über die Heiraten ihrer Kinder, der Söhne sowohl als der Töchter, hatte sie stets ohne Rücksicht auf die erwähnte goldene Lebensregel bestimmt. Der einzige, dem es seinerzeit gelungen war, ihre Macht zu besiegen, war –und das vergaß sie nie –eben Magnus Brandt gewesen, der sich sehr gegen den Willen der Alten mit ihrer ältesten Tochter verheiratet hatte. Darum waren er und seine Kinder ihr immer etwas Fremdes gewesen, und aus diesem Gefühl heraus betrachtete sie sie fast als Nebenpersonen der Familie, mit denen sie sich –besonders da ja ihre Tochter tot war –streng genommen nicht zu befassen brauchte.

Aber die alte Frau hatte in allen Dingen ihren Kopf für sich; im voraus zu sagen, wie sie in einem gewissen gegebenen Fall handeln würde, gehörte zu den Unmöglichkeiten. Viele hatten es versucht, aber keinem war es bis jetzt gelungen. Zahllos waren die Geschichten von Überraschungen, die sie in solchen Fällen der Familie bereitet hatte.

Cäcilias Brief hatte der Alten gefallen. Der klare, einfache Ton, der frei war von aller Übertreibung und von allem, was man Sentimentalität hätte nennen können, hatte einen Widerhall geweckt bei der Großmutter, der man es sonst nicht leicht recht machen konnte. Daß das Mädchen sich so resolut an sie wandte, erweckte in der alten Frau die Überzeugung, daß Cäcilia ein Weib von Verstand und Urteil war. Schon daß sie gewagt hatte, auf eigene Faust zu schreiben und noch dazu an sie zu schreiben, schlug als etwas ungewöhnlich Tapferes und Mutiges bei der Großmutter ein. Das durfte man nicht ganz außer acht lassen, wenn die Antwort abgefaßt wurde.

Darum zögerte die alte Gnädige auf Erzhütte lange, ehe sie irgend einen Entschluß faßte. Umständlich und genau wurde erwogen, wie sie handeln und antworten sollte. So Hals über Kopf wird die Hochzeit ja nicht sein, überlegte die Gnädige, und warten lernen ist für die Jugend nützlich.

Als endlich der ersehnte Brief abgesandt wurde, war er freundlich und kurz und erwähnte klugerweise weder, daß Cäcilia geschrieben noch was ihr Brief enthalten hatte. Die Großmutter schickte der Enkelin nur eine dringende Einladung, sie sobald wie möglich auf Erzhütte zu besuchen und einige Zeit dort zu bleiben, und schloß mit freundlichen, formellen Grüßen an den lieben Vater und die Schwester, die dann eben ein paar Wochen lang Cäcilias Gesellschaft und Hilfe in der Haushaltung entbehren müßten.

Als Cäcilia diesen Brief erhielt, hellte sich zum erstenmal seit langer Zeit ihr Gesicht wieder auf. Kein Wort stand da, das sie auch nur für die Andeutung eines Versprechens hätte nehmen können. Sie konnte ebensogut denken, daß die Großmutter nur so geschrieben habe, um sich eine Gelegenheit zu verschaffen, auf sie einzuwirken und sie dem Willen des Vaters gefügig zu machen. Aber das las Cäcilia nicht aus dem Briefe heraus. Schon in seinem ganzen Ton lag etwas, was sie beruhigte, etwas derb Freundliches und zugleich auch fast Mütterliches. Und Cäcilia hatte beim Lesen des Briefes das Gefühl, als ob eine starke Hand die ihre fasse und ihr gelobe, sie zu stützen. Ihr Instinkt sagte ihr auch, daß gerade das, daß die Großmutter sie so lange hatte warten lassen und mit keinem Wort ihr eigenes Schreiben erwähnt hatte, ein gutes Zeichen sei.

Magnus Brandt erhielt den Brief noch am selben Abend zum Lesen, als er und die Töchter beim Nachtessen saßen. Er setzte die Brille auf, die er sich in den letzten Jahren hatte anschaffen müssen, weil die Augen schwach wurden, und las bedächtig das Ganze einmal durch. Als er es ein zweites Mal gelesen hatte, schob er das Papier wieder zur Tochter hinüber, beendete rasch seine Mahlzeit und erhob sich. Erst als der Vater in seiner Stube war, ließ Cäcilia die Schwester lesen, was die Großmutter geschrieben hatte.

Voll von den widersprechendsten Gedanken las Karin diesen Brief, der so lange hatte auf sich warten lassen und der jetzt, da er gekommen war, etwas so ganz anderes enthielt, als die Schwestern hatten ahnen können. »Glaubst du, Vater läßt dich reisen?« sagte Karin nachdenklich.

»Vater kann doch nicht nein sagen,« erwiderte Cäcilia lächelnd. Sie lächelte, weil sie gut wußte, wie mächtig die Großmutter war, und daß niemand in der ganzen Familie sich so leicht ihrem Willen widersetzte. Doch lag in ihrer Stimme nichts von Triumph, nichts, als freue sie sich, daß sie mit weiblicher List den Vater besiegt hatte. Ihr Gesichtsausdruck war bloß ruhig und fest wie bei einem Menschen, der den ersten Schritt auf seinem eigenen Wege getan hat und entschlossen ist, weiterzugehen.

»Kommst du nie wieder nach Hause?« war Karins zweite Frage.

»Was weiß ich?« antwortete Cäcilia. »Hat mich jemand gefragt, Was ich will oder was geschehen soll? Ich reise, weil ich nicht anders kann. Selber über mich bestimmen darf ich ja doch nie.«

Das war mehr, als Karin fassen konnte, und zum erstenmal in ihrem Leben kam ihr eine Ahnung davon, wie ungleich die Naturen der Menschen sind und wie ungleiche Wege sie darum gehen müssen. Das Gefühl, wie stark sie selber gebunden war und wie glücklich das sie machte, überkam sie. Still fragte sie: »Ist das das Beste, was du weißt –über sich selber bestimmen zu können?«

Cäcilia mußte die Schwester ansehen, als sie diese Worte aussprach. So warm und still klang ihre Stimme, so ein scheuer Glanz kam plötzlich über ihre Züge, als würde das ganze Gesicht erleuchtet von einem Licht von innen heraus. Nachdenklich und verwundert strich sie Karin über das Haar. »Du träumst noch,« sagte sie.

Und Karin wußte der Schwester nichts zu antworten.

Die Folge des Briefes war, daß Cäcilia ein paar Tage darauf, versehen mit einem wohlgepackten Reisekoffer, der all die Kleider und den weiblichen Putz enthielt, die daheim so selten gebraucht wurden, und mit einer Reisekasse, die für Trinkgelder und kleinere Ausgaben bestimmt war, an einem Herbstmorgen im Oktober abreiste, um die Großmutter zu besuchen, die sie seit ihrer Kinderzeit nicht mehr gesehen hatte.

Magnus Brandt freute sich darüber, und beim Abschied sagte er zu der Tochter: »Vergiß nicht, daß du mit deiner Großmutter alles besprechen kannst, was du willst. Sie hat das Herz auf dem rechten Fleck; man muß sie nur verstehen. Warum sie dich gerade jetzt eingeladen hat, weiß ich nicht. Aber ich habe eine Ahnung, daß sie etwas von den Plänen gehört hat, die sich auf deine Zukunft beziehen. Höre darum auf ihren Rat. Und komm' mit dem Willen und dem Mut, das Rechte zu tun, zurück. Dann wird alles gut gehen.«

Cäcilia hörte die Worte des Vaters und bestrebte sich vergeblich, ruhig zu erscheinen. Sie war immer davor zurückgescheut, Zärtlichkeit zu geben oder zu empfangen. Und sie empfand das in diesem Augenblick wie ein Unglück, ja fast wie ein Gebrechen. Während der Vater sprach, war sie Karins Blick begegnet, und weil sie darin etwas zu lesen glaubte, das einem Vorwurf glich, kam es ihr mit einem Male schwer und bitter zum Bewußtsein, daß sie nun hier stand, um Lebewohl zu sagen –vielleicht auf eine ganz andere Weise, als der Vater ahnte oder je erfahren würde. Das Gefühl für den Vater, das ihr Höchstes gewesen war, dies eingewurzelte Ehrfurchtsgefühl, mit dem sie so schwer und so einsam gerungen hatte, ehe ihr Entschluß reifte, kam mit solcher Gewalt über sie, daß sie sich am liebsten dem Vater um den Hals geworfen, sich bei ihm ausgeweint und ihm alles gesagt hätte.

Aber sie konnte es nicht. Die Wärme, die gefesselt in ihr lag, ward nicht so leicht frei, und auch der Selbsterhaltungstrieb gebot ihr, jetzt hart zu sein, um nicht später einmal ganz zu verhärten.

In unterdrückter Bewegung reichte sie dem Vater die Hand und sagte wehmutsvoll: »Ich möchte tun, was recht ist, Vater. Das möchte ich. Wenn man es nur immer wüßte!«

Magnus Brandt faßte die Tochter an beiden Armen und sah ihr ins Gesicht. »Nun, nun!« erwiderte er mit einem Versuch zu scherzen. »Wir gehen ja wohl nicht fürs ganze Leben auseinander.«

»Nein, nein,« antwortete die Tochter und sprang hastig in den alten Deckwagen, der auf sie wartete. Karin saß schon drinnen, um die Schwester bis zur großen Landstraße, wo die Felder aufhörten, zu begleiten...

So fuhr Cäcilia Brandt von ihres Vaters Hof, von dem Ort, wo sie es so schlimm gehabt hatte und so gut, dem einzigen Ort auf der ganzen Erde, den sie wirklich kannte. Sie fühlte sich gewaltsam losgerissen und in die Welt hinausgestoßen. Keinen Menschen hatte sie, dem sie sich anvertrauen konnte, als eine Schwester, die sie gewöhnt war als Kind zu betrachten, und nicht einmal ihr konnte sie sich so anvertrauen, wie sie es gern wollte. Als der Wagen jetzt an das Tor am Ende der Allee kam, wandte sie sich um und sah in einem letzten Blick ihre Heimat hinter der langen Reihe der entlaubten Bäume liegen. Im selben Augenblick begann es zu regnen, und Johann mußte vom Bock herunterklettern, um das Verdeck aufzuschlagen.

Als glaubte sie, sie wäre allein, kroch Cäcilia in ihrer Ecke zusammen und schloß die Augen. Als Karin eine Weile später ihre Hand auf die der Schwester legte, um Abschied zu nehmen, fuhr Cäcilia zusammen, als erwache sie aus tiefem Schlaf. Wortlos küßte sie die Schwester, und Karin, die am Grabenrande stehen blieb, sah nur noch den Wagen durch den Regen fortrollen, der immer heftiger auf die durchweichten Stoppelfelder herabrauschte und wie eine Wolke über den Wald hinfegte, wo eben der Wagen verschwand.

Kein einziges Mal beugte sich Cäcilia aus dem Verdeck, um Lebewohl zu winken.

In ihren dicken Mantel gehüllt, ging Karin langsam nach Hause ... Noch immer wollte die trübe Morgendämmerung nicht weichen.

Als der Regen ihre jungen Wangen näßte, war ihr leichter zumute, und zum zweitenmal dachte sie daran, wie gut es doch war, daß Fabian Skottes Wahl auf die Schwester gefallen war und nicht auf sie, auf sie, die nicht wußte, wen sie am höchsten liebte, den Vater oder den Mann, dem sie ihr Herz geschenkt hatte. Und während Karin so sann, lächelte sie und dachte: So grausam kann Gott nicht sein, daß er einen Menschen vor solch eine Wahl stellt.

Viertes Kapitel

Mitte November hatte Cäcilia heimkommen sollen; und es war schon eine abgemachte Sache zwischen Fabian Skotte und Magnus Brandt, daß die Hochzeit gleich nach Neujahr stattfinden sollte. Länger wollte der verliebte Mann nicht mehr warten, und Brandt nahm an, daß alle Bedenken, die in einem unreifen Mädchenherzen entstehen konnten, bis dahin beseitigt sein würden. Es war dies zwischen den Männern zwar niemals zur Sprache gekommen. Aber in allem, was die beiden untereinander verhandelten, lag es wie etwas Selbstverständliches, worüber man nicht sprach, das aber nichtsdestoweniger ganz sicher und fest abgemacht war.

Mittlerweile wurden Hammer und Hof mit Fabian Skottes Geld und von ihm selbst mehr als von Magnus Brandt weitergeführt. Allerdings geschah dies so rücksichtsvoll und in solcher Form, daß der Herr von Skogaholm nicht das geringste Unbehagen zu empfinden brauchte über die Abhängigkeit, in die er geraten war. Aber das Geheimnis war doch nicht so gut bewahrt worden, daß man nicht im Inspektorflügel über die Verhältnisse gesprochen hätte, und die Leute auf dem Hofe fingen schon an, sich darüber zu verwundern, daß der Herr auf Elfshammar so oft kam, daß er Schmieden und Magazine besuchte und daß er in Scheune und Stall die Runde machte, ja sogar auf den Feldern bis zu den äußersten Grenzen des Besitztums zu sehen war.

Auch Karin fiel es auf, daß Fabian Skotte öfter als früher vorsprach, und ganz natürlich brachte sie es in Zusammenhang mit dem Anschlag, der gegen ihre Schwester Cäcilia gerichtet war.

Nicht einen Augenblick lang kam ihr der Gedanke, die Schwester könne zurückkommen, um mit dem Hüttenherrn Skotte auf Elfshammar Hochzeit zu halten, Dazu kam ihr der Bräutigam viel zu alt, Cäcilia zu jung und das Ganze infolgedessen viel zu unwirklich, wie ein Märchen vor.

Unter vielen Liebesworten für den Empfänger, aber unter vielen jugendlichen Ausbrüchen des Unwillens gegen diesen älteren Mann, der ein junges Mädchen gegen ihren Willen zwingen wollte, schrieb Karin von all dem in den Briefen, die sie jeden Monat heimlich absandte. Und innerlich zitterte sie beim Gedanken an den Tag, an dem der Vater entdecken würde, warum Cäcilia gereist war, und daß seine älteste Tochter nie daran gedacht hatte, sich in das Schicksal zu fügen, das andere ihr ausersehen hatten.

Schon war der Oktober vorüber, und der erste Schnee war gefallen. Ein Sturm mit heftigem Regen peitschte jedoch den Schnee wieder von Bäumen und Erde, und tagelang raste der Wind durch die nassen Wälder. Jetzt war es Mitte November, und bei jeder Post, die kam, durchsuchte Magnus Brandt ungeduldig die Posttasche in der Hoffnung, ein Wort von der Tochter und damit das Resultat dieser Reise zu finden, von der er sich soviel Gutes versprochen hatte.

Da langte eines Mittwochs im November ein dicker Brief mit der Post an. Magnus Brandt erkannte die Handschrift der Schwiegermutter. Lange wog er den Brief in der offenen Hand. Ihm deuchte, als bedeute es nichts Gutes, daß ein so ausführlicher Brief kam –gerade jetzt, da er die Tochter selbst schon erwartete.

Beim Schein der alten Öllampe mit dem Bronzefuß öffnete er dann behutsam das Kuvert. Als er den Inhalt herausgenommen hatte, hielt er zwei Briefe in der Hand. Der eine war von der Tochter. Magnus Brandt durchflog ihn hastig. Als er ihn zu Ende gelesen hatte, war sein Gesicht feuerrot, und mit einer Gebärde des Zornes und Schmerzes schleuderte er ihn von sich. In heftiger Erregung ging er im Zimmer auf und ab, um seine Selbstbeherrschung wiederzugewinnen.

Der zweite Brief trug die charakteristische Handschrift der Schwiegermutter. Nachdem er Cäcilias Brief gelesen hatte, mußte Magnus Brandt sich erst wieder etwas sammeln, ehe er den Mut fand, diese Fortsetzung, von der er sich des Schlimmsten versah, zu lesen. Schließlich ging er zu seinem Schreibtisch zurück, entfaltete den Brief und begann zu lesen:

Erzhütte, im November 18..

Lieber Tochtermann!

Viele Briefe haben wir zwei, Du und ich, nicht gewechselt, und es kann schon sein, daß der, den Du hier empfängst, Dich recht scharf dünkt, besonders da er von einem alten Weibe kommt wie mir. Jawohl, mein lieber Tochtermann! Glaub' Er nur nicht, ich wüßte nicht sehr wohl, was die Familie über mich sagt und denkt! Noch jetzt, wo ich schon mit einem Fuß im Grabe bin, will ich in meinem Hause herrschen und befehlen –sagt man. Aber das ist nun einmal seit langen Jahren so meine Gewohnheit gewesen. Und da Du ja doch zur Familie gehörst, mußt auch Du Dich eben in Dein Schicksal finden. Wenn es Dir jetzt beliebt, zu sagen, das beste wäre, der Teufel holte das alte Weib, so kannst Du das meinetwegen tun. Aber ich kann Dir sagen, wenn es auf der Welt mehr Männer gäbe, so war' es für die Weiber nicht so leicht, die Herrschaft an sich zu reißen wie heutzutage. Das hab' ich mehr als einmal erfahren. Das glaub' Du mir!

Jedenfalls wär' ich wohl diesmal schwerlich auf den Gedanken gekommen, mich in Deine Angelegenheiten zu mischen, wenn ich nicht sozusagen –sehr gegen meinen Willen, das kann ich Dich versichern –Wurzel und Ursprung des ganzen Übels gewesen wäre. So war das nicht gemeint, mein lieber Magnus, als Du in Deiner Not hier bei mir saßest und ich Dir den guten Rat gab, Fabian Skotte auf Elfshammar aufzusuchen und Dir bei ihm Hilfe zu holen. Besinn' Dich nur recht, mein lieber Tochtermann! Ich gab Dir den Rat nicht, Du solltest zu ihm gehen und zu ihm sagen: »Da hast du meine Tochter. Paßt sie dir? Nimm sie dir zur Frau und das Hüttenwerk mit all seinen Schulden und dem ganzen Wirrwarr dazu, dann ist mir geholfen!« Das tat ich nicht, Magnus Brandt. Sondern ich sagte Dir: Geh' zu Fabian Skotte und bewege ihn dazu, daß er Deinen Besitz pachtet; so kommt jeder zu seinem Recht, und Du brauchst nicht zu fürchten, Deine Leute könnten Not leiden, oder Deine Kinder könnten dereinst Bettler werden und der Familie zur Last fallen.

So war meine Meinung, und das weißt Du ebensogut wie ich. Aber in Dir steckte der Hochmutsteufel, mein guter Magnus, wie er –Gott helf' uns –in allen steckt, ehe des Lebens scharfe Beize ihn auswäscht. Und zu gleicher Zeit scheint ja auch in den Skotte die Liebe gefahren zu sein, so daß der alte Narr ein junges Mädchen heiraten will, das zu mir geflüchtet ist, weil sie keinen anderen Weg sah, ihn loszuwerden. Der Skotte ist ein alter Esel. Das kannst Du ihm von mir ausrichten. Ich hatte besser von ihm gedacht.

Es wird immer mehr, was ich Dir jetzt sagen muß, Magnus. Denn es scheint, daß Du von allem, was um Dich her vorgeht, sehr viel weniger weißt, als Du solltest. Vor allem sollst Du wissen, daß ich damals nur darum an Cäcilia geschrieben und sie gebeten habe zu kommen, weil das Mädchen zuvor an mich geschrieben und mir die ganze Geschichte erzählt hatte. Ich hab' es mir lange genug überlegt. Den ganzen Sommer über und bis in den Herbst hinein. Wär' es nicht darum gewesen, daß ich Dir den verwünschten Rat gegeben hatte, Du solltest zu Fabian Skotte gehen, so hätt' ich mich wahrscheinlich trotz allem nicht zwischen Baum und Rinde gedrängt. Das muß man bloß büßen. Aber so wie die Sache lag, hatt' ich ja auch meinen kleinen Anteil daran für den Fall, daß ein Unglück geschehen sollte. Und darum sagte ich mir: Es ist am besten, du siehst nach dem Mädchen. Du bist ja doch ihre Großmutter, und eine Mutter hat sie ja nie gehabt, das arme Ding.

Jetzt hab' ich mir Cäcilia angesehen, und jetzt kenne ich sie und weiß, wes Geistes Kind sie ist. Und das sag' ich Dir, Magnus Brandt: eine Sünde wär's vor unserem Herrgott, wenn man *das* Mädchen zwingen wollte, daß sie sich wegwirft. Sie ist arbeitsam und tüchtig, ehrlich und wohlerzogen, zu Deiner Ehre sei's gesagt, immer gleich guter, ruhiger Laune und rechtschaffenen, frommen Gemütes. Aber darum ist sie keine von denen, die nur so mit sich umspringen lassen; ein Mädchen wie die zwingt man nicht in so eine Sache hinein.

Ich gebe, mein lieber Tochtermann, weiß Gott, meinesteils nicht viel für das, was die Leute Liebe nennen, und wenn ich in Büchern so was lese, wird mir ganz übel. Ist auch schon eine gute Weile her, daß ich's probiert habe. Ein Gescherwenzel und Geküsse und Tränen und Pimpelei, solange die Jugend dauert –was weiter ist es selten, und es ist weislich eingerichtet von unserem Herrgott, daß es sich mit den Jahren, wenn die Menschen an anderes zu denken haben, meist gibt. Darum kann man meistenteils die Frauenzimmer ruhig heiraten lassen, ohne daß man es weiter sentimental nimmt, wenn sie im Anfang auch ein bischen flennen und sich zieren. Wie gesagt, das gibt sich meistens. Man muß sein Mitleid sparen, bis Not an Mann geht, und nicht so unnötig dünnhäutig sein. Aber wenn es einmal not tut, dann soll man auch seine zwei Augen aufsperren und wach sein. Und soll es verstehen, zur rechten Zeit Halt zu sagen, und soll wissen, daß das, was dem Peter taugt, nicht immer auch dem Paul taugt.

Für Cäcilia aber taugt die Heirat, in die Du sie hineintreiben willst, platterdings gar nicht. Und darum tust Du am gescheitesten daran, mein lieber Tochtermann, wenn Du Deine Pfeife in den Sack steckst und fünfe grad sein lässest. Denn dies Mädchen ist ganz das Weib dazu, noch im Brautstuhl nein zu sagen. Und zwingst Du sie hinein, so tut sie's auch. Du kannst es glauben, wenn ich es Dir sage. Ich versteh' mich auf das Mädchen, und hättest Du eine Mutter für sie gehabt, so hätt' ich mir nicht die Mühe zu machen brauchen, Dir das alles zu sagen. Solche Mädchen, wie sie, muß man behutsam nehmen und sie nicht Hals über Kopf zwingen wollen, wie es einem ja manchmal mit den gewöhnlichen Gänsen glückt.

Ich schicke Dir auch des Mädchens Brief, den ich so frei war zu lesen. Er ist so sanft und still und schön, wie des Mädchens ganze Art ist, und wenn Du ihn richtig liest, so geht es vielleicht auch Dir, trotzdem Du ein Mann und der Vater bist, auf, daß im stillsten Wasser oft die größten Fische sind. Du begreifst wohl auch, daß es im Anfang nicht gerade angenehm sein kann, weder für Dich noch für das Mädchen, wenn sie, wie beabsichtigt war, zu Weihnachten heimkommt und ihr dann beide mit sauren Mienen und queren Blicken umeinander herumlauft. Alles muß seine Zeit haben, und ich kann mir wohl denken, daß es Dir nicht leicht wird, die Geschichte zu verdauen. Darum behalte ich das Mädchen bei mir, und wenn Du später Deine Geschäfte mit Fabian Skotte geordnet hast und der Sturm sich gelegt hat, so kann sie heimkommen, wenn Du willst, oder auch kannst Du sie bei mir abholen. Ich sag' Dir, das Mädchen gefällt mir, und ich meine, das ist jetzt und auch für die Zukunft gar nicht so ohne.

Und hiermit sende ich Dir meinen mütterlichen Gruß, ob Du ihn nun magst oder nicht. Sieh ordentlich nach der kleinen Karin und grüße sie von Großmutter. Sie soll ein gar liebes Kind sein, sagt die Schwester. Und daß sie sich in den Fähnrich verliebt hat, der bei Dir krank lag und dann außer Landes fuhr, Gott weiß wohin, das hat sie hoffentlich längst überwunden.

Cäcilia hat alles gesehen und mir die ganze Geschichte erzählt. Sie macht sich jetzt Vorwürfe, daß sie nie ernsthaft mit der Schwester darüber gesprochen hat. Denn ein Jammer wär's ja, wenn das arme Ding ihr Leben an so einen Windbeutel wegwerfen sollte, der vielleicht nie wieder zurückkommt. Und Cäcilia meint, Du, mein lieber Magnus, seist blind und taub allem gegenüber, und wenn's vor Deinen eigenen Augen und Ohren geschieht. Das beweist, daß sie ein kluges Mädchen ist, die ein Paar Augen im Kopf hat und die Schwächen des lieben Vaters kennt.

Was dieser Brief kostet, wenn er auf die Post kommt, das weiß der liebe Gott. Es ist eine lange Auseinandersetzung geworden, und das mußte auch sein, wenn ich mit meinen großen Buchstaben für alles Platz haben wollte, was ich Dir gern gesagt hätte. Kleinigkeiten waren es ja wahrhaftig nicht, mit denen ich Dir diesmal gekommen bin. Und nun hoffe ich, daß alles schließlich gutgeht; das möge unser Herrgott geben.

Deine alte Schwiegermutter Kathrine-Marie Bergenhuus geb. Bang.

Diesen Abend war Magnus Brandt beim Nachtessen noch wortkarger als gewöhnlich, und als er Karin Gutenacht gesagt hatte und wie immer in die Halle hinausging, um selber die große Tür zu schließen, klangen seine Schritte auf dem Backsteinboden noch schwerer als sonst. Als er den schweren Schlagbaum aufhob, der allabendlich auf die krummen Haken zu beiden Seiten der dicken Eichenholztür gelegt wurde, zitterte sein Arm so, daß Karin es merkte, und als er sich dann umwandte und sah, daß die Tochter ihm gefolgt war, biß er die Lippen zusammen, und sein Gesicht ward düster.

Im nächsten Augenblick aber hatte er die Tür zugeschlagen und war verschwunden. Einsam stand, Karin in dem großen, dunklen Raum, über den matt und unsicher der Schein der Öllampe in der Dachlaterne flackerte und gleichsam ein Spinngewebe von Schatten aus den Bleirahmen der Laterne über Wände und Fußboden warf.

In des Vaters ganzem Wesen und Auftreten lag eine unterdrückte Erregung, die Karin erschreckte. Seit sie und der Vater allein waren, war es ihr immer vorgekommen, als sei es ihre Pflicht, über dem alten Mann zu wachen; und sie trauerte oft darüber, daß er nur so selten und kurz mit ihr sprach.

Jedes ging seinen eigenen Weg in dem großen, öden Hause, das so leer schien, seit Cäcilia fort war. Was ist geschehen? fragte sie sich. Was kann es nur sein? Was hat die Post heute gebracht? Und warum kommt Cäcilia nicht?

Von einem unbestimmten Gefühl der Angst umhergetrieben, brachte Karin es nicht über sich, heute so früh wie sonst in ihre Stube zu gehen und sich zu Bett zu legen. Sie trug die Wohnzimmerlampe in das kleine Kabinett, wo sie sonst nur selten saß, und breitete auf der Mutter Nähtisch ihre große Tapisseriearbeit aus, an der sie schon seit Anfang Herbst arbeitete und die eine Weihnachtsüberraschung für den Vater werden sollte.

Das Muster stellte einen Hirsch vor, der zur Hälfte in ein Dunkel von schwarzen, grauen und braunen Schattierungen versunken war, um die sich die schweren Kronen grüner Eichen erhoben. Das Schwarze, Graue und Braune sollte ein Moor vorstellen, und aus dem grünen Buschwerk rechts stürzten ein paar Jagdhunde, bereit, über den unglücklichen Hirsch herzufallen. Karin ahnte nicht, daß ein großes Kunstwerk sich in diesem steifen Muster darstellte, auf dem Ruijsdeals Dichtung vom Eichenwald kopiert war. Sie freute sich bloß an dem Bild, so wie es unter ihren fleißigen Händen erwuchs, und zählte jetzt eben gewissenhaft die feinen Stiche auf dem Stramin ab, damit das Braune und das Weiße am Kopfe des vordersten Hundes auch richtig zusammentreffen sollten.

So saß sie und nähte. Die kleine Pendüle auf dem Kranz des Kachelofens schlug schon elf klingende Schläge. Jetzt schlief das ganze Haus. Jetzt war Karin ganz allein. Ihr war nie so frei und wohl zumute wie in solchen Stunden. Alles war ihr so traut und wohlbekannt, und die großen Räume, die neben ihr im Dunkel lagen, schreckten sie nicht. Sie hatte es sich angewöhnt, so allein zu sitzen, seit die Schwester fort war, und so fühlte sie sich am glücklichsten mit ihren Erinnerungen und Hoffnungen. Die ganze kleine Welt, die sie in sich barg, schien ihr noch reicher als sonst, wenn alles um sie her so still war, und ward noch innerlicher und wärmer ihr eigen, als wenn das Tageslicht schien und die scheuen Schatten davonschreckte.

Vor dem Hause hörte Karin den dumpfen Schritt des Nachtwächters; durch die Fenster, die durch die ganze Wohnung hindurch im Dunkeln lagen, sah sie das Aufblitzen seiner Laterne, die vorüberschwebte und verschwand. Ganz so ruhig und wohl wie sonst war jedoch dem jungen Mädchen heute abend nicht zumute. Sie konnte, wie sie so einsam dasaß, den Vater nicht vergessen und den unterdrückten Zorn, der in seinem Blick geglüht hatte, als er an ihr vorüberging, und je weiter der Zeiger der Pendüle zum Zwölfuhrschlag vorrückte, desto mehr wuchs Karins Unruhe.

Zuletzt fühlte sie sich gar zu müde, um noch länger gebückt sitzen zu können. Sie erhob sich. Eine Weile betrachtete sie noch ihre Arbeit, besah prüfend das Fertige und rechnete rasch aus, wieviel noch zu tun blieb. Dann legte sie alles zusammen und wollte eben die Lampe auslöschen, als sie plötzlich zusammenschrak. Ein entfernter Laut wie von Schritten hatte ihr Ohr getroffen.

Sie stand still und lauschte und wußte erst gar nicht, was sie eigentlich gehört hatte. Dunkel lagen die Zimmer vor ihr, die Lampe, die auf dem Nähtisch brannte, sah so klein und machtlos aus, das Dunkel fing an zu wachsen, sie zu erschrecken. Es war ein ganz ungewohntes Gefühl, und aufs neue lauschte Karin auf den Laut, den sie soeben gehört hatte. Er wiederholte sich nicht, und das machte ihre Furcht nur noch größer.

Um sie zu bezwingen, nahm das junge Mädchen die Lampe in die Hand und ging durch die Zimmer. Im Eßzimmer stellte sie sie hin und blickte in die dunkle Halle hinaus. Da sah sie aus dem Spalt der Tür, die zu den beiden Stuben des Vaters führte, einen Lichtstreifen über den dunklen Boden fallen.

Karin wußte nicht, weshalb diese Entdeckung plötzlich in ihr eine Angst weckte, die noch heftiger und größer war als die Furcht vor der Dunkelheit, die sie noch eben empfunden hatte. Sie hatte schon von Ahnungen reden hören, hatte aber nie selber etwas derartiges erfahren. War das, was jetzt in ihr arbeitete, eine Ahnung? Und was konnte sie bedeuten?

Ehe sie sich noch vollkommen bewußt wurde, was sie eigentlich tat, hatte sie die Tür zu des Vaters Stube geöffnet und stand nun drinnen. Die Lampe brannte, und in dem Lehnsessel vor dem Schreibtisch saß Magnus Brandt, noch vollständig angekleidet, und blickte durch die Brille auf einen großen, engbeschriebenen Brief, der vor ihm auf dem schwarzen Lederportefeuille lag. Magnus Brandt hatte sich im Laufe der letzten Jahre eine Perücke zugelegt. Die hatte er jetzt abgenommen und sie an den Rasierspiegel hinter sich gehängt. Zum erstenmal sah Karin den Kopf des Vaters so kahl, wie er nach und nach geworden war, und eine schmerzliche Beklemmung überkam sie, als hätte sie gegen ihren Willen etwas gesehen, was sie nicht sehen sollte.

Magnus Brandt schien nicht gehört zu haben, daß die Tochter eingetreten war. Nachdenklich saß er über den großen Brief gebückt, und als er endlich aufblickte, fuhr Karin vor Schrecken zusammen, so alt, abgezehrt, vergrämt war das Gesicht, das er der Tochter zuwandte. Magnus Brandt ging für gewöhnlich stets sorgfältig gekleidet. Schmuck saß das schwarze Halstuch, in einen doppelten Knoten geschlungen um den hohen Kragen, dessen weiße Ecken zu beiden Seiten des sorgfältig rasierten Kinns emporstanden. Der kurze Backenbart schloß sich zierlich an die kunstvoll gedrehten Husarenlocken des grauen Haares an, und aus diesem Rahmen schaute das von Falten durchfurchte Gesicht mit seiner frischen Farbe wie das eines Mannes, der seine Jahre mit Ehren trägt. Nie zuvor hatte Karin daran gedacht, daß der Vater alt war. Und jetzt saß er da, wie durch eine brutale Macht verändert, und die grauen Augen funkelten sie scharf an aus einem verfallenen Gesicht, das ihr fremd war und entsetzeneinflößend wie eine Maske.

»Bist du noch auf?« fragte Magnus Brandt. Es sah aus, als fiele es ihm schwer, die Worte hervorzustoßen. Er legte die Brille vor sich hin auf den großen Brief, der noch offen dalag, und lehnte sich, während er sprach, im Stuhl zurück.

»Ja,« antwortete Karin einsilbig.

In diesem Augenblick ward es ihr klar, was eine Ahnung war, und daß sie den Menschen nicht grundlos heimsucht.

»So setz' dich,« fuhr Brandt fort, ohne die Tochter anzusehen. »Da du nun gerade kommst, will ich auch mit dir sprechen. Einmal muß es ja doch sein.«

Mechanisch gehorchte Karin. Sie nahm auf einem Stuhl am Fenster Platz. Auf der anderen Seite des Schreibtisches sah sie des Vaters scharf markierte Züge, die Augen und die kahle Stirn, die im Dunkeln zu verschwinden schienen, und deren Anblick sie quälte.

»Ich habe mir erzählen lassen,« begann Magnus Brandt, »oder habe erfahren, einerlei wie oder von wem, daß du mein Vertrauen mißbraucht und mich hintergangen hast. Ist das wahr?«

Karin verstand zuerst nicht oder wollte nicht verstehen. Der Gedanke, daß sie selber vielleicht die Ursache zu des Vaters verändertem Aussehen und Wesen war, durchfuhr sie.

Aber sie hatte nicht Zeit, der Spur zu folgen, auf die dieser Gedanke sie führte. Denn ohne auf Antwort zu warten, fuhr der Vater mit leiser, scharfer Stimme fort: »Denke nach!«

In einem Nu verstand Karin; und das Ganze erschien ihr so grausam, daß sie kalt wurde gegen alles, was geschah oder geschehen konnte. Sie hörte nur in sich selbst eine Stimme, die unaufhörlich wiederholte: Wer ist so grausam gewesen? Wer hat mir das antun können? Laut antwortete sie: »Das habe ich nicht gewollt.«

»Nein,« sagte Magnus Brandt im selben Tone wie zuvor. »Du hast es nicht gewollt. Aber du hast es trotzdem getan. Es ist also wahr. Ohne dich mir anzuvertrauen, hast du dich in einen Liebeshandel mit einem fremden Abenteurer eingelassen, von dem du nichts weißt. Und alle wissen es. Alle außer mir.«

Karin sank unter diesen Worten zusammen; aber sie rührte sich nicht. Sie antwortete auch nicht. Sie fühlte bloß, wie das, was so warm und schön und süß gewesen war, plötzlich zu schmerzen begann. Schon einmal hatte sie das gefühlt, das wußte sie. Aber wann oder wo, das wußte sie nicht mehr. Es war ihr Innerstes, das entweiht wurde, ihr Heiligtum, in das Fremde eindrangen. Sie fand weder Worte noch Gedanken. Ihr Kopf brannte, und darin wirbelte etwas herum, als wollte es sie zersprengen, ihre Jugend vernichten, daß sie nie wieder glücklich und froh werden konnte wie zuvor.

Lange redete Magnus Brandt auf seine Tochter ein. Alle die Bitterkeit, die Cäcilias Weigerung und der scharfe Brief der Schwiegermutter in ihm erregt hatte, ergoß er in kurzen, scharfen Sätzen voll väterlichen Grimms und beleidigten Rechtsgefühles über die jüngste Tochter; sie war ihm erreichbar, die anderen waren weit fort. So hart war Magnus Brandt in dieser Stunde, daß er sich freute an dem Schmerz, den er der Tochter zufügte; und während er sie mit Worten strafte, rächte er sich für das Verfehlte in seinem eigenen Leben, über das er just in dem Augenblick, da die Tochter über seine Schwelle trat, nachgedacht hatte. Was hatte er nicht gelitten! Wie hatte er sich nicht geopfert, verzichtet! Das Glück der Liebe hatte er geflohen, weil er diese zwei Kinder liebte und für sie leben wollte. Und wie hatten sie es ihm gelohnt? Die eine hatte sich schlau und kalt seiner väterlichen Gewalt entzogen und seine Ehre preisgegeben. Die andere hatte in seinem eigenen Hause sein Vertrauen getäuscht und sich von einem Mann verlocken lassen, der die Gesetze der Gastfreundschaft verletzt und den Retter seines Lebens bestohlen hatte.

So sah Magnus Brandt das Geschehene an; aber kein Wort von all dem ließ er über seine Lippen kommen. Was er sprach, war die Sprache der Gerechtigkeit und der gekränkten Vaterwürde. Und als er nichts mehr zu sagen fand, befahl er der Tochter zu gehen.

»Geh' jetzt auf dein Zimmer,« sagte er. »Und schlafe, wenn du kannst. Wenn du es aber nicht kannst, so denke jetzt, wenn du es auch vorher nicht getan hast, an die Worte: ›Du sollst Vater und Mutter ehren, auf daß es dir wohlergehe und du lange lebest auf Erden‹. Der Zusatz in diesem Gebot Gottes verdient, daß man einmal darüber nachdenkt.«

Es geschah höchst selten, daß Magnus Brandt Bibelworte zitierte. Darum trafen, als er es jetzt tat, seine Worte Karin fast, als ob Gott selbst sie durch des Vaters Mund gesprochen hatte.

Im Innersten ihrer Seele zerknirscht, ging sie durch das Dunkel hinauf in ihre Stube. Die ganze Zeit über klangen ihr die feierlichen Worte im Ohr, als könnte es ihr nie wieder gutgehen, als wäre sie nicht wert zu leben. Nie zuvor hatte sie geahnt, daß es ein solches Entsetzen geben könnte wie das, was sie jetzt erfüllte. So viel Böses hab' ich getan, dachte sie. So schlecht bin ich!

Ans Schlafen mochte sie nicht einmal denken. Es kam ihr fast so vor, als ob der Vater mit seinen Worten ihr gesagt hätte, sie dürfe nicht. Sie blieb noch lange auf, saß ganz still auf dem kleinen Stuhl vor dem weißen Bettvorhang und regte sich nur, um von Zeit zu Zeit mit einer Lichtschere den Docht des Talglichtes abzuschneiden, wenn er sich krümmte und die Flamme flackerte.

Gegen Morgen aber zog sie sich dann doch aus und ging zu Bett. Aber auch da wollte der Schlaf sich nicht einstellen. Als das Licht gelöscht war, wurde sie nur noch heller wach, und ihre tränenlosen Augen schmerzten vor Müdigkeit. Ihr war zumute, wie wenn der Vater sie verflucht hätte und sie nie mehr Frieden finden könnte. Stunde um Stunde hörte sie die große Uhr, die im Eßzimmer auf dem Boden stand, mit ihrem lautklingenden Schlag, der in der Stille der Nacht durch die Decke herausdrang. Zwei, drei, vier Schläge. Zuletzt schlief sie ein und träumte, sie gehe durch eine Gegend, die sie noch nie gesehen hatte, und suche Sigfrid Björnram. Keinem Menschen begegnete sie, den sie hätte fragen können, und nirgends sah sie die Spur dessen, den sie suchte. Und doch wußte sie die ganze Zeit über, daß er gerade da, wo sie jetzt stand, vor kurzem gewesen war, und ihre Angst im Traum ward so groß, daß dicke Schweißtropfen auf ihrer Stirn perlten, als sie erwachte.

Wo bin ich? dachte Karin. Und was ist geschehen?

Langsam entwichen die Schatten des Traumes, und sie erkannte wieder alle die vertrauten Gegenstände ringsumher. Sara war noch nicht zum Wecken gekommen, das Zimmer war kalt, und kein Feuer flammte noch im Kachelofen. Durch das Fenster, an dem die Rouleaux nicht herabgelassen waren, sah sie die Luft voll weißer Flocken, die umherwirbelten und herniedersanken. Auf dem Sims lag schon ein fester, dichter Haufen weißen Schnees, der an den Fenstern emporstieg. Da fiel Karin alles wieder ein, was geschehen war, und sie fing an zu weinen.

Nachdem die Tochter ihn verlassen hatte, war auch Magnus Brandt noch lange einsam aufgeblieben. Bitter wie noch nie war ihm das Leben vorgekommen. An dem Bestehenden vermochte er nichts zu ändern. Dazu fehlte es ihm an Kraft. Und das, was einst gewesen war, stieg wie graue Gespenster um ihn auf. Ihm war, als habe er alles weggegeben und nichts dafür erhalten. Alles, was ein einsamer Mann zu geben vermag, hatte er seinen Töchtern gegeben. Und jetzt saß er da, verlassen und entblößt, und hatte nichts mehr, was ihm Freude machen konnte.

Mit Befriedigung dachte er bloß an eins, und das war —jetzt wie immer —, daß er seine Pflicht getan hatte. Dieser Gedanke durchdrang ihn mit der Stärke einer fixen Idee. Ruhig erwog er, was er seiner Tochter gesagt hatte, und freute sich, daß sie gekommen war und so –wenn auch spät –die Wahrheit gehört hatte, wie es für ihren jugendlichen Sinn gut war. Einen Augenblick war Magnus Brandt nahe daran gewesen, sich zu vergessen, das war, als er sah, wie seiner Tochter Antlitz in Schreck und Verzweiflung erstarrte, und als er ahnte, wie in dem Kind das Weibesherz litt. Es fehlte nicht viel, so hätte er sich vergessen und hätte sein eigenes Herz sprechen lassen. Aber im letzten Augenblick noch hatte er die Bewegung niedergerungen, die ihn beinahe übermannen wollte. Voll redlichen Ernstes hatte er die Versuchung bezwungen, und die Pflicht hatte auch diesmal schließlich gesiegt. In diesem Gedanken fand Magnus Brandt seinen Trost, und weil er ihn so vollständig beherrschte, schlief er auch ruhig und ohne Träume in dieser Nacht.

Am folgenden Tage aber brach das Unwetter über Skogaholm los. Gleich am Morgen begann es. Magnus Brandt ließ den Fischer-Anders rufen und nahm ihn in seiner eigenen Stube ins Verhör. Fischer-Anders stand mit übereinander gelegten Händen dicht neben der Tür auf der Binsenmatte und hörte die zornige Rede des Herrn an. Er stand in Socken da, die Stiefel hatte er vor der Tür ausgezogen und seine Pelzmütze und die Fausthandschuhe daneben gelegt. Das wollene Wams warf dicke Falten; kaum eine Minute lang konnte er die Füße stillhalten. Sein ganzer Körper arbeitete vor Entsetzen.

Der Herr redete von einem Briefe, der ohne seine Erlaubnis befördert worden war und den Fräulein Cäcilia geschrieben haben sollte. Fischer-Anders wunderte sich im stillen darüber, daß gar nicht von Fräulein Karins Briefen die Rede war, und das waren doch viel mehr gewesen. Aber da der Herr sich bloß bei dem einen aufhielt, so schwieg Fischer-Anders gutmütig, um das Übel nicht noch schlimmer zu machen.

»Ja,« sagte Magnus Brandt. »So geht's, wenn man sich auf unrechte Dinge einläßt. Jetzt bist du das letztemal mit der Post gefahren, da gebe ich dir mein Wort drauf. Und jetzt hinaus mit dir! Und nimm dir eine Lehre an der Geschichte –das nächste Mal, wenn man dir etwas anvertraut!«

Gleich darauf stand Fischer-Anders in der Halle, und nachdem er lange mit seinen nassen Stiefeln gekämpft und sie schließlich wieder an seine Füße gebracht hatte, ging er mit seiner buckligen Haltung zur großen Haustür hinaus und die Treppe hinunter und sinnierte darüber, wie er die Sache wohl seiner Frau beibringen sollte. Der war's so wie so nicht leicht recht zu machen, und er fluchte im stillen dem Tabak und dem Schnaps, die ihn verführt hatten. Am meisten aber kränkte es ihn doch, daß man ihm nicht länger traute. Das war eine Schande, und das drückte ihn schwerer als der Kummer um den Verdienst, der den Weg alles Fleisches gegangen war, und die Furcht vor dem Zorn und den Tränen der Frau.

Nach Fischer-Anders kam die Reihe an Sara. Und obgleich Magnus Brandt der alten, treuen Dienerin gegenüber billigerweise mehr Rücksicht nahm als bei dem verabschiedeten Postboten, so nahm er auch da kein Blatt vor den Mund. So wütend war der Herr, daß Sara alle ihre Selbstbeherrschung aufbieten mußte, um die Vorwürfe über mangelnde Zuverlässigkeit und Wachsamkeit im Hause, die sie einstecken muhte, ruhig anzuhören.

Es gelang ihr aber schließlich doch. Stumm, mit zusammengepreßten Lippen, stand sie neben dem Schreibtisch und hörte auf die zornigen Worte und all die Kraftausdrücke, mit denen der Herr nicht sparte. Und erst als er sich müde gedonnert hatte, verteidigte sie sich. Sie hatte nichts gehört und nichts gesehen. Der Herr hatte ja selber befohlen, daß Fräulein Karin dem Fähnrich Gesellschaft leisten sollte. Und Sara hatte gehorcht, wie es sich ziemt für eine geringe Dienerin, die gelernt hatte, ohne weiteres zu gehorchen. Daß sie das Kuvert mit dem Ring gesehen hatte, das Karin an jenem Morgen nach der Abreise des Fähnrichs geholt hatte, das verschwieg die Alte wohlweislich. Dies Geheimnis barg sie, diesmal viel mehr um ihrer selbst willen, unter all den anderen ähnlichen und wohlaufgehobenen, die sie seit langer Zeit hinter ihren alten Lippen, die zur rechten Zeit reden und schweigen gelernt hatten, hegte. Und sie verstand ihre Worte so geschickt zu stellen, daß Magnus Brandt schließlich ganz beruhigt und sogar nahe daran war, sich bei der alten Dienerin, ehe sie ging, halb zu entschuldigen.

Mit geretteter Ehre und bedeutend leichteren Herzens, als sie gekommen war, kehrte die alte Sara nach dieser Unterredung zu ihrer Arbeit zurück. Die Neugierde, womit die übrige

Dienerschaft vertrauliche Mitteilungen über den Verlauf des Gespräches aus ihr herauszulocken versuchte, die, wie alle wohl wußten, doch nie erfolgen würden, schien sie gar nicht zu bemerken. Aber daß die Unterredung auf jeden Fall zu Saras Gunsten abgelaufen war, das konnte jeder merken, und daraus machte die Alte auch nicht den geringsten Hehl.

Nach der Unterredung mit Sara blieb Magnus Brandt noch eine Pflicht zu erfüllen. Daß die Tochter sich in ein Liebesverhältnis eingelassen hatte, war an und für sich schon bedenklich genug. Nun wußte er aber auch, daß Liebende, die nicht zusammenkommen können, sich durch Briefe schadlos zu halten pflegen; und obgleich Magnus Brandt nur im äußersten Falle hätte glauben können, daß seine Tochter sich so weit vergessen hätte, so hielt er es doch für das klügste, sich auch über diesen Punkt Gewißheit zu verschaffen. Saras Behauptung, sie wisse nichts davon, beruhigte den bekümmerten Vater keineswegs; die Tochter direkt zu fragen, verboten ihm Zartgefühl und Überlegung. Nur nicht den schlafenden Löwen erst wecken! dachte er. Noch viel weniger kam es ihm in den Sinn, in einer so heiklen Sache, die die Ehre der Familie anging, sich dadurch Gewißheit zu verschaffen, daß er den Fischer-Anders ausfragte, was ja sonst nahe gelegen hätte. Eine derartige Vertraulichkeit konnte man sich der alten Sara gegenüber gestatten, die eine Ausnahmestellung im Hause einnahm, nicht aber sie noch tiefer auf eine Rangstufe hin ausdehnen, der zu jener Zeit so streng und genau ihr Platz angewiesen war.

Um seiner selbst, der Ehre der Familie und um der Tochter willen zog Magnus Brandt es vor, sich nur auf sich selbst zu verlassen und keine Fremden einzumischen. »Wenn eine Korrespondenz stattgehabt hat, so müssen Briefe da sein« –das war sein Schluß. Und darum ging er heimlich auf die Stube der Tochter und nahm eine förmliche Haussuchung vor, durchstöberte Garderobe, Fächer und Schiebladen, sogar die kleine Truhe aus Rosenholz, die auf der Kommode stand. Da er nichts fand, ging er beruhigt wieder hinab, nicht ohne sich selbst seines übertriebenen Mißtrauens zu schämen.

Diese Haussuchung hatte leicht und unbemerkt vor sich gehen können, denn Karin war am Vormittag gar nicht daheim. Niemand wußte, wohin sie gegangen war. Sie hatte nämlich am Morgen den Fischer-Anders getroffen, als er von seiner Unterredung mit dem Hüttenherrn kam und hatte von ihm gehört, was ihm geschehen war, weil er dumm und gutmütig gewesen war und unerlaubte Botendienste verrichtet hatte. Karin kämpfte mit dem Weinen, weil sie soviel Böses angerichtet hatte; zugleich aber dachte sie auch an ihre geliebten Briefe. Wie ein Geschenk des Himmels kam es ihr vor, daß der Vater nach ihnen nicht gefragt hatte.

Als sie dann in die Halle kam, hörte sie die laute, zornige Stimme des Vaters, der die alte Sara verhörte, und, außer sich vor Angst, lief sie hinauf in ihre Stube, nahm alle ihre Briefe, Stück für Stück, zählte sie genau und steckte sie dann in ihre Kleidertasche, die ganz dick und schwer wurde. Wie es auch ging und was geschehen mochte –die Briefe mußte sie retten. Es war ja das einzige, was sie hatte, ihre einzige Freude, ihr einziger Trost.

So ging sie mit den Briefen in der Tasche aus, aufs Geratewohl. Sie wußte sich keinen Rat. Schließlich kam sie in den Wald, und plötzlich beschleunigte sie ihre Schritte. Der Pfad war kaum zu sehen, der Schnee fiel und fiel, und unter den Tannen schimmerten die Flocken weiß gegen die grünen Nadeln, die langsam verschwanden. Aber Karin war gewohnt, im Walde zu gehen, und es dauerte nicht lange, bis die Lichtung mit dem kleinen roten Häuschen, aus dessen Schornstein der Rauch stieg, vor ihr lag.

Drin saß der alte Svedin und malte an einer roten Tulpe, die außen auf einer Hochzeitstruhe prangen sollte. An ihn wandte sich Karin in ihrer Not und bat ihn, ob sie ihre Briefe bei ihm verstecken dürfe, bis sie sie einmal wieder holen könne. Sie wählte ihre Worte klug, und ihre klaren Augen blickten so lebhaft und ausdrucksvoll, daß sie den Alten betörten.

Im Anfang freilich wollte er nicht viel davon wissen. »Ich danke!« sagte er. »Ich danke! Soll ich mich etwa auf meine alten Tage noch in heimliche Schliche und Kniffe einlassen?«

Aber schließlich gab er doch nach. Er konnte gar nicht anders. Karin sah so unglücklich aus und bat so schön. Wenn sie ihm mit der Stimme kam, da ward der alte Svedin weich und versprach alles, was sie wollte.

»Leg' die Briefe in den Wandschrank,« sagte er. »Da kommt keiner daran.« Dabei spuckte er heftig aus und klapperte mit seinem hölzernen Bein wie immer, wenn er erregt war. Und der borstige Schnurrbart zitterte auf der Oberlippe. Ehe Karin ging, hatte er ihr noch mehr versprochen. Er hatte ihr versprochen, daß sie die Briefe, die der Postbote nicht befördern durfte, zu ihm bringen dürfe. Bei ihm, wo immer Leute ab und zu gingen, fand sich auch immer eine Gelegenheit, die Briefe weiterzubefördern. Und wenn ein Brief kam, so sollte er ihn für sie aufbewahren. Seine Adresse würde auf dem Briefe stehen; und sie würde ihn sich dann holen. Mehr wollte er nicht wissen; und irgendwelche Verantwortung übernahm er nicht.

Durch den Schnee, der immer dichter fiel, ging Karin endlich heimwärts; sie war froh und zufrieden, froh über das, was sie getan hatte. Es war alles so hastig gekommen und wie von selbst so geworden, so daß sie das Geschehene noch kaum faßte. Aber während sie nach Hause ging, klangen ihr des Vaters strenge Worte wieder im Ohr, und sie fühlte sich sündig und schuldbeladen wie noch nie. Wenn sie sterben müßte, so würde sie gewiß nicht in den Himmel kommen. War das möglich? Aber wenn sie lange am Leben blieb und in allem anderen immer nur das Rechte und Gute tat –würde ihr Gott dann nicht vergeben, wenigstens dereinst, wenn sie recht alt war?

Es war lange bis dahin, so lange, daß Karin es sich gar nicht ausdenken konnte. Aber wie lange es auch sein würde –sie wollte gern warten und aller Sünde Last tragen, wenn sie nur ihre Hoffnung behalten durfte und ihre Liebe, die sie jetzt mehr schmerzte und drückte als alles andere.

Inzwischen quälte das einmal erwachte Mißtrauen Magnus Brandt den ganzen Tag, und obschon er nichts mehr wünschte, als es loszuwerden, konnte er es doch nicht unterlassen, später am Abend Karin in gleichgültigem Tone zu fragen, ob zwischen ihr und dem jungen Fähnrich keine Briefe gewechselt worden seien.

»Nein,« antwortete Karin und erschrak dann, daß es ihr so leicht geworden war, ihre erste Lüge auszusprechen. Und noch mehr erschrak sie über ihre Freude, als sie merkte, daß der Vater sich fest auf ihr Wort verließ.

Fünftes Kapitel

Einsam mit Magnus Brandt sah Karin den langen Winter verstreichen. Weihnachten kommt, aber es ist kein Weihnachten. Weiß liegt der Schnee, die Wintersonne funkelt darüber, auf der Landstraße klingen munter die Schlittenschellen, und auf der großen Schlittenbahn hinter dem Hüttenwerk spielen die Kinder.

Für Karin aber ist es, als ob nichts von all dem, was sie um sich her sieht, wirklich lebendig wäre. Der Tage, an denen sie singen und sich freuen kann wie einst, sind es so wenige jetzt, daß sie sie zählen, lange an sie zurückdenken kann; und sie besinnt sich oft vergeblich darauf, wie alles so anders hat werden können.

Einsam lebt sie dahin und wartet auf ihre Briefe. Aber wenn der Brief da ist, so liest sie ihn nicht mehr mit derselben Freude wie früher. Und wenn sie ihn beantworten soll, ist ihr zumute wie einem Diebe, der fürchtet, ertappt zu werden. Traurig ist alles, was sie schreibt; denn ihre eigenen Gedanken sind traurig geworden seit jenem Tage, da ihr heimliches Glück verraten ward; und wenn sie den Brief schließen und abschicken soll, wird ihr das Herz schwer, und sie weint. Sie sieht keinen Lichtschimmer mehr. So schwer wird es ihr, all das Geschehene einsam zu tragen; sie hat ja niemand, mit dem sie sprechen, niemand, der ihr ein Wort der Freude oder des Trostes sagen kann. Das Geheimnis, das sie mit sich herumträgt, ist ihr schwer wie eine Last geworden, und das Warten wird ihr lang, lang wie der Winter, lang wie jeder Tag voll Unruhe, Sehnsucht und neuer grausamer Qual.

Dann kommt ein Brief von Cäcilia, ruhig und frisch, voll Wehmut zwar, aber doch zugleich voll Kraft und Hoffnung.

Er schließt:

»Vater will mich noch nicht sehen. Ich habe ihm geschrieben und ihn gebeten, aber er will nicht. Großmutter ist sehr gut gegen mich, und ich darf hier bleiben, solange ich will. Ich kann nicht leben, wenn ich Tag für Tag fühlen muß, daß ich keinem Menschen zum Nutzen bin. Das hab' ich Großmutter gesagt, und sie hat mich verstanden.

So einen Menschen wie Großmutter hast Du noch nie gesehen! Zuerst glaubt man, sie will einen beißen, aber wenn man sie kennen lernt, merkt man, daß sie ein Herz von Gold hat.

Ein paar Meilen von hier, muß ich Dir erzählen, wohnt ein alter Kapitän Brandt mit seiner Frau. Du hast wahrscheinlich nie von ihnen gehört; aber sie sind weitläufig mit uns verwandt. Ich habe mit Großmutter darüber gesprochen, daß ich mir eine Stelle suchen möchte. Aber sie sagt, das passe sich nicht für ein Mädchen aus guter Familie. Aber zu denen darf ich. Da bin ich eben als Verwandte im Hause, sagt Großmutter, und kann mich trotzdem nützlich machen und helfen. Ich bin einmal auf Besuch dort gewesen und habe sie gesehen, und ich freue mich. Ich hätte nie gedacht, daß alte Leute so vergnügt sein können. Und doch ist die alte Tante nicht sehr kräftig. Darum ist es ihr auch recht, daß ich komme.

Ich bin sehr glücklich darüber. Es ist wunderlich bestellt in der Welt, daß es als eine Schande gelten soll, zu arbeiten, wenn man jung ist und es kann. Darum ist es recht gut, daß sich dieser Ausweg für mich findet. Sonst wäre ich vielleicht genötigt, Vater noch einmal Kummer zu machen, ohne daß ich es möchte.

In ein paar Tagen ziehe ich nun dorthin. Großmutter hat an Vater schon geschrieben darüber, und er hat nichts dagegen gehabt. Du mußt mir dorthin schreiben und mir von allem erzählen, von Vater und von Dir selbst. Er hat jetzt niemand als Dich; Du mußt ihm alles sein. Mich wird er ja doch nie verstehen. Es macht mich ganz weich, wenn ich daran denke. Aber das darf man nicht sein, sonst verliert man den Mut. Das hab' ich von Großmutter gelernt und noch vieles andere außerdem.

Leb' wohl jetzt, geliebtes Schwesterlein; schreib mir über alles, was Du willst. Wäre ich jetzt bei Dir –ich glaube, wir könnten einander jetzt soviel mehr sein als damals, als wir beide noch stumm nebeneinander dahinlebten und jeder das Seine verschwieg.

Deine Schwester Cäcilia.«

Als Karin den Brief gelesen hat und weiß, daß Cäcilia nicht zurückkommt, fühlt sie sich noch einsamer. Es gibt ihr viel zu denken; hauptsächlich denkt sie darüber nach, wie es wäre, wenn sie es machen könnte wie Cäcilia und von allem hier weggehen. Aber ihr schreiben und sich ihr anvertrauen, das kann sie nicht. Sie schreibt nur noch vom Vater und allem, was sich auf ihn bezieht, und nichts von sich selber. Nicht einmal Sigfrid kann sie von allem schreiben, was sie bedrückt. Wenn sie es täte, so würde sie ihm ja nur ihren Kummer aufladen, und helfen könnte er doch nicht. So unmöglich, so ganz unmöglich erscheint ihr alles! Aus dem, was Cäcilia schreibt, merkt Karin, daß der Vater über alles schweigt, und daß täglich Dinge geschehen, von denen sie nichts wissen soll. Früher ist ihr nie der Gedanke gekommen, daß der Vater über solche Sachen mit ihr sprechen könnte. Jetzt hat sie das Gefühl, als sei das nur so geworden, weil er sich über sie und über die Schwester grämt. Und als sie hört, daß der Vater der Schwester nicht verzeihen kann, die doch nichts getan hat als sich seinem Willen widersetzt, da erwacht in Karin ein neuer Schrecken. Nie wird Vater mir verzeihen, denkt sie. Er glaubt alles Schlimme von mir!

Karin fürchtet den Vater; zugleich aber liebt sie ihn wie nie zuvor. Es ist, als ob sein Zorn, den sie über sich fühlt, ihre Liebe verstärkte. Sie tut alles, was sie kann, alles, was sie wagt zu tun, aber Magnus Brandt scheint gar nichts zu merken. Stumm verfließen die Mahlzeiten. Er geht selten aus jetzt. Ganze Tage fast bringt er auf seinem Zimmer zu; niemand weiß, was er da treibt. Aber wenn man an der Tür vorübergeht, hört man seine Schritte drinnen über den Boden stapfen, und vom Hofe aus kann man ihn sehen, wie er lange grübelnd am Fenster steht, wo das Thermometer hängt.

Nur wenn Fabian Skotte kommt, klärt sich seine Laune auf, und er wird wie früher. Aufrecht und sorgfältig gekleidet, mit schmuck geknotetem Halstuch, die Perücke in zierlichen Husarenlocken unter den Schläfen ins Gesicht gekämmt, sitzt er bei Tisch, und das Beste, was das Haus vermag, wird aufgetischt. Fabian Skotte ist liebenswürdig, als wäre nichts geschehen, und Karin wundert sich, daß er gar nicht um Cäcilia zu trauern scheint. Freundlich und gutlaunig kommt er; klug und heiter, als hätte kein Kummer ihn betroffen, fließt seine Rede, und Karin freut sich jedesmal über seinen Besuch, weil etwas von der Last, die Vater und Tochter in ihrer Einsamkeit bedrückt, dann wegfällt. Es ist, als brächte Fabian Skotte in seiner stetigen Selbstgewißheit und Raschheit des Handelns und Arbeitens ein Stück Sicherheit und Behagen mit.

Hauptsächlich aber freut sich Karin über diese Besuche, weil der Vater dann ein anderer wird. Denn kaum ist der Gast fort, so fällt Magnus Brandt wieder zusammen, und nie sieht Karin so scharf wie nach diesen Besuchen, wie alt der Vater geworden ist. Er geht gebückt, und es sieht aus, als tasteten seine Füße auf dem Boden nach einer Stütze. Seine Laune ist heftig und aufbrausend, die geringste Kleinigkeit genügt, um seinen Zorn hervorzurufen, und es gibt Tage, an denen niemand mit ihm zu reden wagt.

Am schlimmsten aber sind die Tage, an denen die Post erwartet wird. Sie kommt jetzt jede Woche, dank Fabian Skottes Fürsorge. Doppelt so oft als sonst wartet Magnus Brandt jetzt auf Briefe, die nie kommen, oder fürchtet sich vor denen, die kommen. Er kann den Tag, an dem Cäcilias und der Schwiegermutter Briefe kamen, nicht vergessen.

Karin hat das nach und nach verstehen gelernt. Aber dies Verstehen hilft ihr nicht, sondern drückt sie nur noch tiefer zu Boden. Das einzige, was ihr Befriedigung und Ruhe gewährt, ist die Arbeit, und sie fühlt sich nie glücklicher, als wenn sie totmüde zu Bett geht und gedankenlos einschläft.

Sie hat Cäcilias Stelle in der Haushaltung übernommen und ist ein kluges und gutes Hausmütterchen geworden. Sie kann viel, leistet viel, mehr, als sie selbst je geglaubt hätte. Die Leute haben sich daran gewöhnt, mit ihren Freuden und Kümmernissen immer zu ihr zu kommen. Und wo sie vermag, hilft sie mit Rat und Tat. Aber Glück findet sie auch darin nicht. Das, worauf sie wartet, kommt und kommt nicht. Schwer geht die Zeit. —

Sie kann es kaum fassen, daß zwei Jahre so verflossen sind. Und doch ist es jetzt wieder August. Die Frucht beginnt zu reifen, und jede Nacht deckt der Gärtner die Dahlien in der langen Rabatte zu, um sie vor dem Frost, vor den »eisernen Nächten« der letzten Sommermonate zu schützen. Zweimal schon haben die Leute, die früh an die Arbeit gehen, einen weißen

Schimmer auf dem Rasen gesehen. Kalt und klar scheint die Sonne über den rot und braun funkelnden Bäumen.

Der Herbst ist da.

Da geschah es eines Sonntagmorgens, daß Karin ins Wohnzimmer kam und durch die offene Tür sah, wie der Vater im Eßzimmer damit beschäftigt war, die alte Dalekarlier Uhr aufzuziehen. Er tat das jeden Sonntagmorgen, und als Karin es jetzt sah, fiel ihr plötzlich die Zeit wieder ein, da sie ein Kind gewesen war. Da war sie dem Vater oft von Stube zu Stube gefolgt und hatte zugesehen, wie er die Uhren im ganzen Hause aufzog und sie dabei genau nach seiner eigenen Repetieruhr stellte, die schlagen konnte, wenn man auf einen Knopf drückte.

Als sie daran dachte, kamen ihr unwillkürlich die Tränen in die Augen. Alles erschien ihr so anders jetzt gegen einst. Und sie wollte sich eben wieder hinausschleichen, damit der Vater ihre Tränen nicht sehen sollte, als sie seine Stimme hörte, die nach ihr rief.

»Karin!« sagte er. Nichts weiter. Aber in seiner Stimme lag etwas, vor dem Karin zusammenfuhr. Ihr war, als hätte sie schon gewußt, daß jetzt etwas kommen mußte, etwas, von dem ihr Wohl und Wehe abhing, etwas, vor dem sie fliehen wollte, aber nicht konnte.

Sie merkte, daß sie irgend etwas geantwortet haben mußte; denn der Vater ging, ohne etwas zu sagen, an ihr vorüber und setzte sich auf das Sofa.

»Ich habe dir etwas zu sagen,« begann er wieder. Aber die Worte schienen ihm nicht über die Lippen zu wollen. Zuletzt winkte er die Tochter zu sich her, sah ihr in die Augen und fuhr fort: »Ich sehe, daß du mich verstehst. Das ist ja auch nur natürlich. Du bist ein großes Mädchen jetzt und hast es ja merken müssen. Es handelt sich um Fabian Skotte.«

So begann dieser Sonntagmorgen im September. Was weiter geschah, das wußte Karin später nicht mehr.

Die Unterredung muß aber lange gedauert haben. Der Vormittag ist schon weit vorgeschritten; Karin ist, nachdem sie den Vater verlassen hat, gleich ausgegangen.

Ihr ist, als könne sie ihr ganzes Leben lang seine Stimme nicht vergessen, wie er »Karin« gerufen hat. Ihr ganzes Leben lang wird sie daran denken müssen, wie sein Gesicht bebte, als er Fabian Skottes und der Schwester Namen nannte. Sie muß irgend etwas geantwortet, irgend ein Versprechen gegeben haben. Denn sie sieht noch, wie sich das Gesicht des Vaters aufhellt, fühlt, wie seine Hand über ihr Haar streicht. Aber das Ganze ist ein schwerer Traum. Und als sie sich umsieht und langsam erwacht, merkt sie, daß sie mitten im Walde ist.

Sie kennt den Weg wohl. Er führt in den Urwald, wo die Tannen dicht stehen und die Steine mit tiefem, dunkelgrünem Moos bedeckt sind. Ohne daß sie überhaupt nachdenkt, wirkt die stille Ruhe des Waldes auf ihre Seele.

Sie kämpft nicht mehr.

Vorwärts geht sie, die kleine Karin, auf das zu, was kommen muß. Weder aufrührerisch noch schwankend fühlt sie sich. Nur weh tut es ihr, sehr weh. Aus ihr selbst ist es nicht gekommen, was da geschehen ist. Ohne daß sie etwas dazu oder davon tun konnte, ist es gekommen, und wie sie da unter den hohen Tannen dahingeht, wo das Sonnenlicht gedämpft hereinfällt und das Schweigen so ernst wird und so tief, da empfindet sie gar nicht so, als ob sie im Begriff stünde, ein Opfer zu bringen. Sie bringt auch keins. In ihr ist alles voll Unruhe und Angst. Sie ist wie eine, die in einem Traum befangen war. Der Traum ist so schön gewesen, daß sie nicht aufwachen will. Denn sobald sie erwacht, ist der Traum fort; sie möchte am liebsten wieder einschlafen, um den Traum wieder anzufangen. Aber sie muß erwachen, und als sie erwacht, ist auch der Traum weg, und alles, was sie geträumt hat, war ja nur ein Wahn.

Tiefer und tiefer geht Karin in den Wald. Als sie an den Berg kommt, geht sie nicht den Abhang hinauf, sondern geht rings um die zackigen Felsen. Dann setzt sie sich in das Moos am Fuße des Berges. Durch die Stille hört sie eine Glocke läuten. Die Herbstluft ist klar und blau...

Sachte geht Karin dann wieder heimwärts. Und wie sie so geht, merkt sie, daß in ihr eine große Veränderung vorgegangen ist. Ihre Unruhe ist fort; sie weiß, für sie gibt es nur einen Weg. Ohne daß sie sich darüber klar geworden wäre, hat sie ihren Willen freiwillig unter eine schwere Forderung gebeugt, und ihr deucht, ihr wäre noch nie so wohl zumute gewesen wie nun. So leicht ist alles in ihr geworden, so licht, so einfach und klar. Sie sieht von weitem das Hüttenwerk, die Schmieden, das Kohlenhaus, die Arbeiterwohnungen, und ihr ist, als wären die Menschen, die da arbeiten und wohnen, ihr näher gekommen. Sie geht über den Steg; da sieht sie den Hof mit seinem gebrochenen Dach durch die dunkelroten Blätter der Rüstern. Und sie weiß, hier wird sie leben und wirken. Hier ist sie daheim. Hier wird sie einmal sterben.

Und alles wird ihr auf einmal so groß und wunderbar.

Als hätte sie mit der Verrichtung einer heiligen Handlung begonnen, so ist ihr zumute. Jetzt verläßt sie die Bretter des Steges und hört den Sand der Gartenwege unter ihren Füßen knirschen. Leicht steigt sie die Steinstufen hinauf, die über die Terrasse auf den Hof führen. Als sie an des Vaters Fenster vorübergeht, steht Magnus Brandt da, als warte er auf die Tochter, und Karin sieht, daß er lächelt. Sie weiß, dieses Lächeln müßte sie glücklich machen. Aber es ist, als wäre sie noch nicht bereit, ihm entgegenzutreten. Eine kleine Weile braucht sie noch für sich, nur eine ganz kleine Weile.

Ernsthaft erwidert sie den Blick des Vaters, und als sie auf ihr Zimmer geht, ist ihr Herz voll von einem mit Glück gemischten Schmerz. Droben schließt sie die Tür hinter sich. Dann zieht sie aus ihrem Busen einen dünnen Goldreif mit blauem Stein, der an einem schmalen Bande um ihren Hals hängt. Sachte löst sie das Band. Auf der Kommode steht ein Schrein aus Rosenholz mit vielen Fächern und geheimen Verstecken. Den öffnet sie, und in dem kleinen Fach zu hinterst im Schrein birgt sie den Ring, den sie so treu getragen hat. Dann läßt sie das künstliche Schloß einschnappen, und als es geschehen ist, fühlt sie, daß sie frei ist.

Still steht sie dann am Fenster und blickt hinaus über den Garten, wo sich die Bäume unter dem Obst neigen und wo die Astern blühen.

Eine Weile später geht sie hinunter zum Mittagessen, zum Vater. Viele Worte werden nicht gewechselt zwischen den beiden. Aber Magnus Brandt hat das Gefühl, daß das Leben ihm endlich Gerechtigkeit widerfahren läßt, und seine Dankbarkeit ist größer, als er zeigen kann. Karin hat eine Ahnung von des Vaters Gemütsstimmung, wenn sie sie auch noch nicht voll begreifen kann, und zum erstenmal an diesem Tage kommt ein Gefühl von Müdigkeit über sie, als habe sie eine zu schwere Last auf sich genommen und fürchte, sie könne sie nicht bis zum Ende tragen.

Den ganzen Nachmittag sitzt sie dann auf ihrem Zimmer und schreibt. Es geht langsam, und es wird Abend, ehe der Brief fertig ist. Immer wieder muß sie aufhören. Denn die Tränen wollen sich hervordrängen, und wie tapfer sie auch dagegen ankämpft –ganz zurückhalten kann sie sie nicht. Wieder und wieder muß sie auch das Geschriebene zerreißen. Die Worte, die sie niederschreibt, drücken das, was sie im Innersten fühlt, so schlecht aus. Aber mit fester Hand schreibt sie schließlich den Brief zu Ende, und dunkel ahnt sie, daß es das Opfer ist, was sie aufrechthält, das Opfer, das größer ist als Liebe und Leid.

»Ich wollte, ich hätte diesen Brief nie zu schreiben brauchen, Geliebter,« schreibt Karin, »und doch weiß ich, daß ich ihn jetzt schreiben muß. Aufschieben will ich es nicht. Denn ich bin vielleicht später nie mehr imstande dazu. Und dann wartest Du auf mich und glaubst, ich habe Dich vergessen und sei Dir nicht mehr treu. Und fremde Menschen würden Dir vielleicht einmal erzählen, daß ich verheiratet bin. Und Du würdest nichts verstehen und Dir nur harte und bittere Gedanken machen, wenn Du an mich denkst, oder vielleicht würdest Du mich auch vergessen und nicht mehr an mich denken mögen, weil Du glaubtest, ich hätte Dich verlassen.

Aber ich habe Dich nicht vergessen, Sigfrid, und ich werde Dich nie vergessen. Ich darf Dich nur nicht mehr lieben. Sonst stirbt Vater, und dann hätte ich keine frohe Stunde mehr. Wenn ich das jetzt schreibe, so merke ich, daß Du von all dem, was mir geschehen ist, nichts verstehen kannst. Und ich kann nichts als weinen, wenn ich daran denke, wie weit fort Du bist, und daß ich Dich nie mehr wiedersehe.

Du weißt nicht, wie alt und vergrämt Vater geworden ist, und auch nicht, daß er nur durch Kummer und Unglück so geworden ist. All das habe ich Dir nie schreiben können. Denn wenn ich an Dich schrieb, so vergaß ich alles, was nicht Dich und mich anging. Da dachte ich bloß daran, wie bleich und schön Du dalagst, als ich Dich das erstemal sehen durfte und so klein und dumm dasaß und Dir zuhörte. Ich denke an den Wald, in dem wir beide allein gingen, als die Sonne schien, und den Mondscheinabend im Park, als die Nacht voller Schatten und Licht war, und wo auf der ganzen Welt nichts war als Du und ich.

Ich weiß noch alles. An alles denke ich, von der Stunde an, als ich allein in Deinem Zimmer saß und weinte und nicht wußte warum und Du hereinkamst und mich in Deine Arme nahmst und mich zu Deinem Eigentum machtest, an alles, bis zu dem Tage, an dem alles vorbei war und ich Dir Lebewohl sagen mußte im Gewächshause, wo der Regen um uns her über die Glasfenster rann und ich Dich bloß vielmals, vielmals küssen konnte zum Abschied, so wie ich wünschte, ich könnt’ es jetzt.

An all das muß ich denken. All das war unsere Welt, Sigfrid, unsere kleine Welt, in der ich so froh und so glücklich war, wie ich es nie mehr werden kann. Von dieser Welt habe ich Dir geschrieben; von anderen Dingen habe ich in meinen Briefen, an Dich nie reden können. Denn in diese Welt hattest Du mich eingeschlossen, und wenn ich darin lebte, sah ich sonst niemand, wußte kaum, daß noch andere da waren. So getrennt war Deine und meine Welt von der der anderen, und so unmöglich war es, daß jemand anders hätte in das hineinblicken dürfen, was uns so heilig und schön war.

Darum hab’ ich fast nichts von dem geschrieben, was in der Welt hier vor sich ging, und ich glaube, ich habe auch gar nicht verstanden, was da vor sich ging, bis jetzt.

Du mußt nun aber wissen, Cäcilia ist fort und ist schon lange fort. Ich glaube, es werden jetzt im Herbst zwei Jahre, daß sie gereist ist. Sie ging, weil Vater sie zwingen wollte, sich mit Fabian Skotte, der auf Elfshammar wohnt und unser Nachbar ist, zu verheiraten. Das weißt Du. Aber Du weißt nicht, daß Cäcilia zu Großmutter auf Erzhütte reiste, und daß Großmutter ihr half, daß sie frei wurde. Seither war ich mit Vater allein hier, und er hat Cäcilia nie vergeben wollen. Ich habe ihn ihren Namen nicht mehr nennen hören bis heute, wie er mit mir redete. Cäcilia schreibt mir manchmal; in ihrem letzten Briefe erzählt sie, daß sie verlobt ist und bald heiraten will, und daß Vater seine Einwilligung gegeben hat. Nicht einmal das hat Vater auch nur mit einem Worte mir gegenüber erwähnt. Und daraus verstehe ich, daß Vater sich so gegrämt hat, daß seine Töchter ihm bloß Kummer machen, daß er darüber alt geworden ist. Und ich begreife jetzt auch, daß es schwer für ihn gewesen ist, allein zu leben. Vielleicht hätte er auch einmal gern wieder eine Frau gehabt, er war ja noch jung, als Mutter starb; ich habe das oft gedacht, wenn ich auch nichts wußte.

Ich schreibe Dir das alles jetzt, damit Du weißt, wie einsam ich gewesen bin, und wie alles so geworden ist, wie es jetzt ist. Von den letzten Jahren weiß ich nicht viel. Ich weiß bloß, wie alt und traurig Vater geworden ist, und wie voll Angst ich war, wenn ich so allein war und ihn so sah. Die Zeit ist mir lang geworden in all den Jahren, und oft hab’ ich mir nicht mehr zu helfen gewußt. Solche Angst hab’ ich gehabt, daß Vater krank werden und sterben könnte, ehe er auch etwas anderes als nur Kummer von seinem Leben gehabt hatte. Arm ist er auch geworden. Ich weiß, wenn nicht Fabian Skotte ihm geholfen hätte, so hätten wir nicht hier bleiben können. Ich verstehe nichts davon. Aber ich weiß, daß es so ist, und nichts ist mir so schwer geworden, als wenn ich in der letzten Zeit Vater um Geld bitten mußte.

Und jetzt muß ich Dir auch das noch sagen, was jetzt kommt. Und das ist das Schwerste von allem. Denn dann wirst Du glauben, ich habe um Deinetwillen gelitten und habe es bereut, daß ich Dich geliebt habe und Deine kleine Braut gewesen bin, wie Du mich immer genannt hast, als ich bei Dir saß und glücklich war. Aber so ist es nicht, mein Sigfrid, glaub’ das nicht. Ich kann es nie bereuen, daß ich so glücklich war, wie Du mich gemacht hast. Wenn ich das nicht gewesen wäre, so könnte ich das alles gar nicht tun, was ich jetzt kann.

Du mußt nun auch weiter noch wissen, daß Vater schon lange alles von Dir und mir weiß. In einer Nacht kam ich einmal zu ihm, und da hat er es mir gesagt. Noch nie ist er so böse auf mich gewesen, und er hat es mir mit so harten Worten gesagt, daß es mir noch wehe tut, wenn ich nur daran denke. Er hat seither nie wieder davon gesprochen, aber ich habe doch gemerkt, daß er es nicht vergessen hat. Es war, als hätte er mir seitdem nichts Gutes mehr zutrauen können. Und ich weiß auch, daß er mir nie so recht verziehen hat bis heute.

Jetzt habe ich Dir alles gesagt, was zu sagen ist, und jetzt verstehst Du auch, daß ich es nicht machen konnte wie Cäcilia und Vater allein lassen. Er hat ja niemand mehr als mich, und wenn ich ihn jetzt verlassen wollte, so könnte er nicht weiterleben. Wenn ich jetzt schließen soll, Sigfrid, da möcht' ich am liebsten bloß weinen. Nichts kann ich Dir weiter sagen, nichts kann ich Dir sein, nichts hab' ich Dir geben können, was den Kummer aufwiegen könnte, den ich Dir jetzt zufüge. Ich wollte, ich könnte neben Dir sitzen, wenn Du meinen Brief erhältst, und könnte Deine Hand halten und Dich so herzlich bitten: Traure nicht zu sehr um Deine kleine Braut! Denn das könnte ich nicht ertragen. Das ist das letztenmal, daß ich Dir schreibe; was ich Dir jetzt nicht sage, das kann ich Dir nie mehr sagen.

Ich habe nichts mehr als Deinen kleinen Ring. Den habe ich versteckt, so daß niemand außer mir weiß, wo er ist. Ich werd' ihn wohl nie herausnehmen und ansehen. Denn auch das darf ich nun nicht mehr; an Dich denken, nachdem ich mich einem anderen gegeben habe, das wäre eine Sünde. Aber ich freue mich doch, wenn ich weiß, daß er hat bei mir bleiben dürfen, und daß er nie mehr an den Finger einer anderen kommt, wenn er auch nicht an meinen hat kommen dürfen.

Aber mein Leben lang will ich Dir danken. Denn alles Schöne hab' ich von Dir.
Karin.«

Karin liest den Brief durch und schiebt ihn dann sachte ins Kuvert. Dann schreibt sie die Adresse und steckt ihn in die Tasche, um ihn bei sich zu haben, bis sich eine Gelegenheit bietet, ihn fortzuschicken. Wieviel heut' geschehen ist! denkt sie. Und wie neu alles geworden ist!

Es ist, als habe sie große Eile, als wünsche sie, alles möchte so rasch wie möglich gehen, sehne sich danach, daß die Welt sie bald und ganz erfassen möchte, damit sie keine Zeit zum Denken habe.

Ein Wagen fährt in diesem Augenblick drunten auf den Hof; Karin zuckt zusammen; aber sie ordnet ruhig ihren Anzug vor dem Spiegel und fühlt nach dem Briefe, der unter dem Taschentuch versteckt in ihrer Tasche liegt. Ihr ist, als trüge sie noch etwas mit sich herum, was ihrer alten Welt angehört, und von dem sie sich erst freimachen müßte, um für die neue Welt bereit zu sein, die sie erwartet. Als darum Sara kommt und ausrichtet, Fräulein möchte hinuntergehen, es sei Besuch da, nimmt Karin hastig ihren Brief, reicht ihn, ohne ein Wort zu sagen, Sara hin und bittet sie, ihn zu besorgen, ohne daß jemand davon erfährt.

Die Alte steht und wiegt den Brief in der Hand. Noch ein Geheimnis kommt zu den vielen, die sie stets so wol gehütet hat. Sara versteht alles, und mit Tränen in den Augen betrachtet sie das junge Mädchen, das da so schlank und zart, aber mit einem reifen Willen in dem jungen Gesichte vor ihr steht.

»Das ist recht, was du da tust,« sagt Sara. »Gott segne dich!«
Karin nickt ernst und geht.

Im Wohnzimmer erblickt sie Fabian Skotte, welcher sich erhebt, als sie eintritt. Aufrecht und stattlich steht er vor ihr, und sein kräftiges Gesicht mit der leicht gebogenen Nase und den lebhaften Augen hat einen Ausdruck demütiger Dankbarkeit, als wage er nicht zu glauben, daß das, was jetzt geschieht, wirklich wahr sei. Karin tritt auf ihn zu und legt ohne Zögern ihre Hand in die des Mannes, den ihr Vater für sie ausgewählt hat.

Magnus Brandt sagt etwas, das Karin nicht hört. Sie ist ganz erfüllt von dem demütig dankbaren Blick, der dem ihren entgegenkam, und sie zieht ihre Hand nicht aus der anderen, die die ihre festhält und behalten wird. Alles in Karin ist ruhig jetzt, ruhig und still.

Glücklich, wie sie sich seit langer Zeit nicht gefühlt hat, schlingt sie die Arme um den Hals des Vaters.

Sie weiß, zwischen ihnen beiden ist alles gut und wird so bleiben.

Fabian Skotte fährt früh wieder fort. Als sie allein sind, zieht Magnus Brandt seinen Rock an und geht aus. Karin begleitet ihn, und Arm in Arm gehen die beiden über die Terrassentreppe durch den Obstgarten in den alten Park, der sich bis zum See hinunter erstreckt. Gelb und warm leuchtet der Herbstmond über dem Park, die Schatten der Bäume zittern auf dem Rasen und den verschlungenen Pfaden. Lange gehen Vater und Tochter unter den alten Bäumen auf und ab, an denen der Sturm schon manches Blatt von den Zweigen geschüttelt hat.

Auf den Wegen unter ihren Füßen raschelt das Herbstlaub, das schon der Frost leise gehärtet hat, und als sie an den See hinunterkommen, liegt er hell im Mondenglanz da, die Ufer heben sich in dunklen Linien rings um die lichte Fläche, und über den Hügeln der Ufer stehen die dunkleren Umrisse des Tannenwaldes weich, im Mondschein.

Und Karin fühlt sich so voll Dank über alles, was geschehen ist – voll Dank, daß alles gerade diesen Abend so still und so schön geworden ist. Weich lehnt sie sich auf den Arm des Vaters und freut sich, als sie fühlt, daß sein Gang leichter geworden ist. Dann kehren sie miteinander nach dem alten Hause zurück, das im Dämmer zwischen den hohen Bäumen liegt. Als sie die Steintreppe hinaufgehen, wendet Magnus Brandt sich um und blickt hinaus über Hof und Landschaft, als wollte er mit einem einzigen Blick all das umfangen, was durch der Tochter Opfer aufs neue sein geworden ist. Er denkt an seinen Hof, an die Leute, die rundum schlafen oder in den Schmieden arbeiten, in denen die Hämmer an Sonntagabenden schon um sechs Uhr zu gehen anfangen. Kräftig tönt der Klang durch die Stille und Karin begreift, daß der Vater gerade darauf jetzt lauscht.

»Jetzt kann ich meine Augen in Frieden schließen und sterben, wenn meine Stunde kommt,« sagt Magnus Brandt.

Und damit geht er ins Haus und schließt selbst die Tür mit dem großen Schloß und legt den Riegel vor. Und Karin steht daneben und sieht ihn an; stark wie nie zuvor empfindet sie, daß sie eine Heimat hat, und daß es diese Heimat ist, für die sie lebt.

Gedankenvoll beugt sie sich nieder und küßt des Vaters Hand.

Ihr Traum ist zu Ende.

Mit wachen, klugen und guten Augen sieht sie dem Leben entgegen. Alles erscheint ihr so wehmütig und weich.

»Gute Nacht,« sagt Magnus Brandt, küßt die Tochter auf die Stirn und geht auf seine Stube.

Und Karin geht still die Treppe hinauf in die zwei kleinen Mädchenzimmer, die sie jetzt einsam bewohnt. – –

Das ist die Geschichte von Karin Brandt und ihrem Jugendtraum, und wie sie mit harten Händen aus dem Traum geweckt und eine andere ward, als sie gewesen, da Traum und Jugend sie noch beherrschten. Ich hörte die Geschichte einst, als ich selber noch so jung war, daß ich weder Liebe noch Leid geschmeckt hatte. Damals stieß ich mich an der Fortsetzung, die berichtet, daß Karin Brandt eine gute Gattin und die glückliche Mutter mehrerer Kinder ward, die sie zu tüchtigen Männern und Frauen erzog, daneben auch eine umsichtige Hausfrau, deren Hand kräftig und deren Sinn gerecht und streng, wenn auch mit großer Güte vermischt war. So, wie ich das Leben jetzt sehe, ist Karin Brandts Bild mir schön genug so, wie es in Wirklichkeit war. Nichts deucht mich oft eitler, als sich die Menschen anders zu wünschen, als wie das Leben sie gestaltet hat.

Fabian Skotte ward Karin ein guter Gatte; er gehörte zu denen, von denen man sagt, daß sie ihre Frauen auf Händen tragen. Ein bißchen Trockenheit, daneben auch ein peinlicher Ordnungssinn lag in seiner Natur; und es ward ihm nicht leicht, zu vergessen, daß seine Frau fast dreißig Jahre jünger war als er. Darum war er manchmal strenger in seinen Forderungen, als Frau Karin es sich gewünscht hätte. Aber er liebte sie mehr, als die meisten Männer ihre Frauen lieben, weil er so lange einsam gelebt und weil er, ehe Karin Brandt seine Gattin wurde, aufgehört hatte zu hoffen, daß noch ein anderes Glück als das der Arbeit auf seinem Wege blühen könnte. Als er ein Heim und eigene Kinder hatte, ward ihm die Mühe leicht und die Arbeit zur Freude.

Ehe Fabian Skotte sich verheiratete, verkaufte er sein Gut und übernahm das des Schwiegervaters. Dort wurde die Hochzeit gefeiert, und dort blieb er mit seiner Frau.

Frau Karin zog aus den zwei kleinen Mädchenzimmern im Giebel, in denen Sara sie zur Braut eingekleidet hatte, hinunter. Im Schlafzimmer, das seit dem Tage, da die Mutter starb, verschlossen gewesen war, ward ihr das Brautbett bereitet, und in dem kleinen Kabinett daneben mit den weißen Empiremöbeln und der Pendüle auf dem Fries des Kachelofens saß Karin Skotte, auf demselben Platz, auf dem einst Karin Brandt gesessen hatte, und derselbe lächelnde See, über den einst ihre Mädchenträume geflogen waren, grüßte ihre Augen, als sie ein reifes Weib und Mutter war. Solange Magnus Brandt lebte, wurde nichts geändert in dem alten Hause.

In den drei Stuben zur Linken in dem großen Hauptgebäude wohnte er wie zuvor. Ruhiger als früher ging er jetzt zwischen den Folianten seiner Bibliothek umher. Die Pflichten, die ihm zu schwer geworden waren, ruhten jetzt auf stärkeren Schultern als den seinen, und die Abendröte seines Lebens schien wolkenlos. Von Cäcilia sprach er selten, und wenn es geschah, so war es meist in einem Ton, als fürchte er, die Erinnerung an sie könnte der Tochter oder dem Schwiegersohn oder allen beiden unangenehm sein. Dann lächelte Fabian Skotte verstohlen und sagte zu seiner Frau: »Ich habe sieben Jahre um Lea gedient und habe Rahel bekommen. Mein Los war besser als das des Patriarchen. Manchmal kommt mich die Lust an, es dem Schwiegervater zu sagen; aber es ist möglich, daß er diesen Scherz nicht goutiert.

Magnus Brandt starb und wurde auf dem Torsbyer Kirchhof neben seiner Frau begraben, auf dem Platze, der so lange leer gestanden hatte und mit dem die lange Reihe von Steinen, die den Namen Brandt trugen, schloß. Als es zu Ende ging, ließ er Frau Karin zu sich rufen und dankte ihr dafür, daß sie ihm eine gute Tochter gewesen war; und als der Todeskampf anfing, sprach er von einem Glück, das ihm versagt gewesen war, und von einer langen Reise, die er einmal gemacht, weil er seine Töchter über alles geliebt hatte.

Frau Karin Skotte ward Mutter vieler Kinder, und ihr Leben war voller Arbeit. Die Kinder waren ihr Glück, legten Beschlag auf sie, gaben ihren Gedanken Beschäftigung und machten ihr Dasein reich. Sie achtete und ehrte ihren Mann; aber ihre Kinder liebte sie; und sie war glücklich, weil sie sah, daß gerade so Fabian Skotte sie haben wollte. Je mehr Kinder Frau Karin bekam, desto mehr liebte sie sie, nicht nur alle miteinander, sondern jedes einzelne für sich. Durch die Kinder ward sie selbst in ihren eigenen Augen gleichsam ausgelöscht, war nur noch für sie da, ward ganz und gar Mutter und nichts als Mutter.

Eine Mutter war sie auch nicht nur für ihre Kinder, sondern für alle, die um sie her in den Wohnungen der Arbeiter oder in den kleinen Heimstätten in Feld und Wald lebten. Sie sah die alten Freunde ihrer Kindheit sterben, einem nach dem anderen verhalf sie zu einem ehrlichen Sterbehemd und einem anständigen Begräbnis. Nach ihnen kamen neue, und Karin Skotte reichte für alle aus. Noch im Alter empfand sie, wie schon als Kind, daß sie niemand so gut verstand, mit niemand so leicht reden konnte wie mit den Leuten auf dem Hofe, von denen nun die meisten, die sich noch an das kleine Fräulein Karin erinnerten, fort waren.

Schließlich starb auch Fabian Skotte, ihr Mann. Ruhig waltete Karin an seinem Bett, linderte seine Schmerzen und hielt seine Hand, als die letzte schwere Stunde kam.

Das Schlimmste waren dann die Kinder, die sich nicht trösten lassen wollten über Vaters Tod; weder Tag noch Nacht konnte die Mutter sie verlassen und allein sein mit den Gedanken, die sonst vielleicht gekommen wären.

Karin Skotte war dick geworden, sah kräftig und gesund aus, und ihre Laune war immer gleichmäßig. Als Fabian Skotte tot war, nahm sie die Verwaltung des Gutes in die Hand, und was der Mann nicht mehr hatte ausführen können, das tat die Frau.

Denn Frau Karin kannte alle seine Gedanken und Pläne. Sie war es, die das Walzwerk fertig ausbauen ließ und die Säge erweiterte. Sie war es auch, die die Wand in dem alten Wohnzimmer ausbrechen ließ, die große Veranda gegen den See hinunter baute und die mächtigen Fensterscheiben einsetzte, hinter denen Palmen, Rosen und Schlingpflanzen grünten, wenn in Garten, Park und Wiesen rings um den See der Schnee lag.

Weiter erzählt man von Karin Skotte, wenn sie von ihren Kindern geliebt, so sei sie von den Enkeln geradezu vergöttert worden. Denn je älter Karin Skotte ward, desto heitereren und leichteren Sinnes ward sie. Und nirgends ist es der Jugend so wohl, als im Schutz des Frohsinns der Alten; der Frohsinn der Alten ist es, der ihnen den Mut gibt, dem Leben entgegenzutreten.

Und weil Großmutter so heiter und vergnügt war, ward auch ihr Alter fröhlich, und die Enkel gingen lieber zur Großmutter als zu Vater und Mutter. Mit den Enkeln konnte sie ja auch leicht fröhlich sein. Denn für sie, dachte die Alte, brauchte *sie* ja nicht die Verantwortung zu haben; als die in ihr Leben kamen, hatte Karin Skotte die Mühsal anderen überlassen und saß selber in Ruhe in den neuen Zimmern, die eine Treppe hoch in dem alten Hause hergerichtet worden waren, just da, wo einst die Gastzimmer gelegen hatten, das ehemalige grüne und die übrigen.

Ja, Karin Skotte ward so alt, daß sie es noch erlebte, wie ihr ältester Enkel, der Großmutters Naturschwärmerei geerbt hatte, es sich erzwang, daß er nach Paris reisen durfte, wohin alle die Jungen, die sich in der Kunst vorwärts tasten, sich sehnen wie nach dem gelobten Lande.

Als er abreiste, nahm Großmutter ihn in ihre Stube, schrieb einen Namen auf eine Karte und bat ihn, sie wohl aufzubewahren und zu versuchen, den Fremden aufzufinden, wenn er noch am Leben wäre.

Ein Jahr darauf kam der Enkel heim.

Großmutter lag schwer krank, als er anlangte.

Der junge Mann ging hinauf in ihr Zimmer, und die Unterredung, die er und Großmutter miteinander hatten, war so geheimnisvoll und seltsam, daß Kinder und Enkel davon sprachen wie von einem Wunder.

Und ein Wunder war es auch. Denn in Paris hatte der zukünftige Maler einen alten Offizier getroffen, der in Tränen ausgebrochen war, als der junge Mann seinen Namen genannt hatte, und der nicht zufrieden war, wenn eine Woche verging, ohne daß Karin Skottes Enkel ihn besuchte. Der Offizier trug einen schwedischen Namen, man sagte von ihm, daß er bei Gravelotte geblutet hatte.

Und während Großmutter krank war, redeten Kinder und Enkel davon, daß ihn Großmutter einst geliebt hatte.

Und er hatte Großmutter so treu geliebt, daß er unverheiratet geblieben war. Man erzählte in Paris, daß er den Brief, der Großmutters Abschiedsgruß enthielt, bei einem großen Diner bekam. Und ehe noch jemand aus der Gesellschaft fragen konnte, was für ein Unglück ihn betroffen habe, lag der Mann ohnmächtig, den Brief neben sich, auf dem Boden.

So berichtete der Enkel von Großmutter und ihrer Jugendliebe; und die jüngsten Enkel wollten so etwas nicht glauben, weil Großmutter ja so alt war.

Es war ihnen allen, als ob alte Märchen um sie emporwüchsen; und die Märchen wurden auf seltsame Art zur Wirklichkeit. Die Narzissen blühten in den Beeten, die Birken grünten, und der Kuckuck rief im Wald.

Aber Großmutter liegt einsam droben in ihrem Zimmer; sie hat gesagt, daß niemand bei ihr sein soll. Der Enkel hat ihr ein Geschenk mitgebracht; es ist ein Porträt, das einen Mann von mittleren Jahren in Uniform darstellt. Es ist auf einem kleinen Panneau gemalt und trägt den Namen eines französischen Meisters in der Ecke.

Aber Großmutter hat keinen Sinn für den Maler jetzt; auch nicht für seine Kunst. Einsam liegt sie in ihrem Bett und hat die alten Hände über der Decke gefaltet. Die Stirn sieht sie an, die wehmütigen Augen, den Vollbart, der ergraut und in eine Spitze geschnitten ist, und der das Gesicht fremd macht.

Aber während sie es so ansieht, kommt alles ihr wieder so nah, und sie sinniert darüber nach, wie das Leben sie geführt hat. So schnell ist immer alles gegangen. So wunderlich schnell. Nie hat sie Zeit gehabt, stehen zu bleiben und sich umzusehen. Immer geradeaus ist sie gegangen, dahin, wo andere sie geführt haben. Jetzt liegt sie da und schaut und schaut. Und nichts von allem, was geschehen ist, kann sie ungeschehen wünschen. Denn die Kinder, die leben, sind ihre Kinder. Die Kindeskinder gehören ihr. Und nichts kann an dem, was ist, mehr geändert werden. Aber glücklich fühlt Karin Skotte sich, daß dies gekommen ist. Wie ein Märchen wird ihr das Leben.

Als es zu dämmern beginnt und die Abendsonne schon vom Fenster verschwunden ist, klingelt sie.

Diesmal ist es nicht Sara, die kommt. Die alte Sara ist längst tot und fort. Es ist ein neues, junges Dienstmädchen, das nichts weiß von all dem Alten, das tot war und jetzt wieder lebendig geworden ist.

»Stell' das Porträt dorthin, daß ich es sehen kann!« sagt Karin Skotte.

So steht das Porträt da, Tag für Tag, Nacht um Nacht.

Als die Enkel schon um das Bett der Kranken versammelt sind und sie nicht mehr sprechen kann, suchen ihre Augen noch das Porträt, die Lippen murmeln unhörbare Worte, und sie ist weit weg von allen, die sie geboren und geliebt, auferzogen und froh gemacht hat.

Die Wirklichkeit läßt sie los, und der Traum umfängt sie wieder –Karin Brandts Traum.